荷風さんの戦後

半藤一利

筑摩書房

目次

荷風さんの戦後

序　八月十四日のすき焼

●これぞ大凶の籤

昭和二十年（一九四五）、永井荷風は満六十六歳である。三月十日の東京大空襲で麻布の偏奇館を蔵書とともに焼かれ、五月二十五日には東中野の避難先のアパートを、さらに落ちのびた岡山市の仮寓先の旅館松月も六月二十八日に焼かれている。この岡山空襲のときには、市内の中央を流れる旭川の堤を必死で走り、河原の砂上にうつ伏して何とか焼け死にを免れるという、危機一髪の目に遭っている。

まったくの不幸の連続である。絶えず猛火に追われ、着のみ着のままで逃げ、安住の地を求めて西へ西へと放浪せねばならなかった。常時携えている観音様のおみくじになぞらえれば、大凶の籤《くじ》を引きつづけたというほかはない。

その浩瀚《こうかん》な日記『断腸亭日乗』（以下『日乗』とする）に、三月十日の空襲について、荷風は三月九日の項ですばらしい名文をもって描いている。そのほんの一部を。

「……余は山谷町の横町より霊南坂上に出て西班牙《スペイン》公使館側の空地に憩ふ、下弦の繊月凄然として愛宕山の方に昇るを見る、荷物を背負ひて逃来る人ゝの中に平生顔を見知りたる近隣の人も多く打まぢりたり、……」（……＝略、以下同）

同じ日に向島で焼け出されたわたくしは、もう無我夢中で、とても月をみる余裕なぞなかった。第一、あの夜、月が出ていたかどうかの記憶もない。荷風さんの余裕綽々《しやくしやく》ぶりには恐れ入る。

五月二十五日の被災も長文かつ具体的である。これも一部を。

「……日記を入れしボストンバグのみを提げ他物を顧ず、徐に戸外に出で（中略）路傍の壕に入りしが、爆音砲声刻ゝ激烈となり空中の怪光壕中に閃き入ること再三、一種の奇臭を帯びたる烟風に従つて鼻をつくに至れり、最早や濠《〔ママ〕》中に在るべきにあらず、人々先を争ひ路上に這ひ出でむとする時、爆弾一発余等の頭上に破裂せしかと思はる、大音響あり、……」

もちろん、かく恐ろしき体験は、あの時代の日本人の多くが嘗めた酸苦であり、荷風だけのものではない。しかし、それをきちんとその二、三日後に日記に記してもう一度体験しようとした人は数少ない。しかも淡々と、リアルに書きすすめられている。おそらく老軀に堪《こた》えたであろう底知れない無常感や寂寥感などは滲ませず、また荷風一流の時代にたいする憎悪すらも抑えられている。

ところが、これが六月二十八日となると、なぜか、さながら他人事であるかのようにさらりとしたものになる。生きる意思を放擲《ほうてき》しきって運命のままに、といった白々としたものが感じられる。

「晴。旅宿のおかみさん燕の子の昨日巣立ちせしまゝ帰り来らざるを見。今明日必異変あるべしと避難の用意をなす。果してこの夜二時頃岡山の町襲撃せられ火一時に四方より起れり。警報のサイレンさへ鳴りひゞかず市民は睡眠中突然爆音をきいて逃げ出せしなり。余は旭川の堤を走り鉄橋に近き河原の砂上に伏して九死に一生を得たり。」

これで全文である。幸運にも、いや辛うじて生きのびることができた感慨も「九死に一生を得たり」という常套句の一行だけ。荷風さんはそこにあまり喜びを見出してはいないようである。

藤原定家ではないけれども、戦争期を通して、国家滅亡も「吾が事に非ず」で生きてきた荷風さんは、いまやおのれの生き死にも、「吾が事に非ず」と観じきってしまったのであろうか。戦時下の、発表のあてのない悲惨な情況下で、荷風はシコシコと『浮沈《うきしづみ》』『来訪者』と書きすすめ、そして十九年十一月「ひとりごと」（戦後発表のさい

『問はずがたり』と改題）を脱稿している。そして戦後になって若干書きあらためられたが、この小説に岡山まで放浪した折りの心境が、終わりに近いところに主人公の画家に託してさりげなく書きこまれている。

「僕の生涯は既に東京の画室を去る間際に於て、早く終局を告げてゐた。新しい生涯に入ることを、僕はもう望んでゐない。」

戦火により偏奇館が焼尽したとき、文学者永井荷風の精神もまた焼け滅んだのである。あのあとは形骸がただのうのうと息をしているだけ、そう考えるのがいちばん至当なのであろう。九死に一生を得ようが得まいが、どうでもよかった。安楽に死ねる時と場所を暗々裡に求めて放浪する。こうした万事諦めの精神情況にあったとき、国が「一億特攻」を標榜していた戦争がアッという間に終結する。お蔭で死なずにすんだ永井荷風の戦後が、否も応もなくそこにはじまるのである。

●風格の上で遠く及ばず

そこに入る前に、楽しい間奏曲を書くことになる。それはいまはかなり有名になっている永井荷風・谷崎潤一郎両文豪の、八月十五日を直前にした岡山県勝山でのわずか二泊三日の邂逅《かいこう》である。

さて、ここで作家の嵐山光三郎さんの登場となる。もう何年前のことになろうか、氏の推挙によるものなのであろう、かれをホストとするテレビ番組「食は文学にあり」に賛助出演を、突然に依頼された。ご承諾いただけるならば、勝山町までご足労いただきたい。勝山？　じゃ二日がかりになるじゃないの。左様、嵐山さんは三日がかりです。キミ、ホストがゲストと違うのは当たり前だ。温泉もあります、鳥取県境近くですが、そこに泊まっていただきます。それは魅力だけどね……そんな遠くまでは……。でも、と電話の向こうが言った。

「荷風さんと谷崎さんが一緒に牛肉を食った部屋が、壊されることなく、いまもそのまま大事に保存されているのです。その座敷で嵐山さんと牛ナベを囲んでほしいんですが……」

聞いた途端に、わたくしは話に乗った。では、おれに荷風になれということかよ、という出かかった言葉を吞み込んで、「ま、旅行に出かけたいとウズウズ感じていることだし……」とか、ぐずぐず言いながら、喜んで承諾したのである。

数年前のことで記憶もずいぶん薄れたけれども、作州勝山町は、山間のこぢんまりとした小綺麗な町である。古寺跡あり、由緒正しい神社仏閣あり、武家屋敷あり、酒蔵あり。小京都の名もあるという。小高い山が迫り、ちょっと急流の川が町中を流れているのも、京都は嵐山あたりの風光にさも似たり、というところか。

谷崎さんの疎開していた元酒楼「新町の小野はる」方は、いまは酒屋を営んでいる。その離れの、二階六畳が二間、階下が八畳二間、きちんと保存されている。その奥の八畳の、庭に面した座敷で、われらニワカ両文豪はカメラに写されながら、牛のすき焼をつっついたのである。それがテレビ放送された様のことはわがカミさんがささやかなエッセイに書いている。ちょっと長く引用する。

「……漸くすきやき鍋を囲んで嵐山氏と向き合って座る夫の長い顔が登場する。両文豪が食べたと同じ部屋で、嵐山氏は美味しそうにすきやきを食べるが、夫は『うまい酒ですね』と専ら盃を重ねている。中身はきあんちゃんか？　こいさんか？　宿六は『永井荷風の昭和』という本を上梓した時に、荷風に傾倒する余り作らせた荷風と同じ型のまん丸い眼鏡をかけている。顔が長いというだけでおよそ荷風先生とは似ても似つかない。嵐山氏も谷崎並みなのは肥え気味の体軀だけ。二人とも両文豪には風格の上で遠く及ばない。にもかかわらず二人して、両文豪になりきったつもりらしく気持よさそうに飲んだり食べたりしている……」（『夏目家の糠みそ』PHP研究所）

せっかくまん丸眼鏡で岡山くんだりまで出掛けていったのに、品格ついに及ばず散々な首尾というところらしい。[*1] でも、視聴率はかなりよかったそうな。なお文中にある「きあんちゃん」「こいさん」とは、この酒屋さんが「美酒の郷、かつやま、文豪谷崎疎開の記」と書かれた木枠に納めて、とくに売り出している地酒である。『細雪』の四姉妹から貰った名であることは書くまでもないであろう。つまり谷崎さんは松子夫人を筆頭に美人姉妹すべてを連れて、この地に疎開していたということになる。

●八月十三日の夜

『日乗』八月十三日の記にある。やっと手に入れた切符で、午前九時四十二分岡山駅発の伯備線列車に乗り、新見駅で姫新線に乗り換えて、荷風は午後一時半ごろ勝山に着いている。そして、

「……直に谷崎君の寓舎を訪ふ、駅を去ること僅に二三町ばかりなり、戦前は料理店なりしと云、離れ屋の二階二間を書斎となし階下には親戚の家族も多く頗《すこぶる》雑遝《ざつとう》の様子なり、初めて細君に紹介せらる、年の頃三十四五歟《か》、痩立の美人なり、佃煮《つくだに》むすびを馳走せらる、一浴して後谷崎君に導かれ三軒先なる赤岩といふ旅舎に至る、」

どことなく敗残の身をかこつおのれに比して、美女に囲まれている谷崎。そんなことより「佃煮むすび」のほうが大事か。ちなみに宿とした元「赤岩」旅館も現存して

いる。荷風さんが寝起きした部屋でわたくしは大の字になって「クソッ」と代わりに叫んでみた。

この日の谷崎さんの『疎開日記』にはこうある。

「……午後一時過頃荷風先生見ゆ。今朝九時過の汽車にて新見廻りにて来れりとの事なり。カバンと風呂敷包とを振分にして担ぎ外に予が先日送りたる籠を提げ、醤油色の手拭を持ち背広にカラなしのワイシャツを着、赤皮の半靴を穿きたり。焼け出されてこれが全財産なりとの事なり。然れども思つた程窶《やつ》れても居られず、中々元気なり。……」

と、荷風の情けなくも哀れな姿が活写されている。

「先日送りたる籠」とあるのは、七月二十七日の『日乗』に書かれていることを示すのであろう。

「晴、午前岡山駅に赴き谷崎君勝山より送られし小包を受取る、帰り来りて開き見るに、鋏、小刀、印肉、半紙千余枚、浴衣一枚、角帯一本、其他あり、感涙禁じがたし、晩間理髪、」

この小包のなかに勝山に来ないかとの谷崎の誘いもあったのであろう。荷風さんはその気になって、さっそく散髪に出かけている。そして八月十三日の勝山行きが実現したのである。

さて、勝山でのこの夜、旅館で、谷崎より贈与された白米を炊いてもらい、豆腐汁、小魚三尾、それに胡瓜もみの夕食をすますと、荷風はふたたび谷崎の居室を訪れる。『日乗』には「閑話十時に至る、帰り来つて寝に就く」とあるだけであるが、谷崎の『疎開日記』には、微妙なことが記されている。

「旅館にて夜食の後又来訪され二階にて渡辺氏も共に夜更くるまで話す。荷風氏小説原稿ひとりごと一巻踊子二巻来訪者上下二巻を出して予に托す」

つまり荷風さんはこのとき、三年八カ月の戦争の間じゅう発表のあてのないままに、ひたすら書きつづけて完成させ、三度の空襲にあったときも命より大事と抱きかかえて逃げた小説三篇の原稿を、すべて谷崎に預けている。おそらくこれらの原稿は『疎開日記』にある「風呂敷包」に入っていたのであろう。しかし、自分の日記にはその事実をかすかにも記していない。いったい荷風さんは何を考えてこの挙に出たのであろうか。

歴史探偵的な観点からあえて言えば、荷風さんはもう生き延びることを徒労と思い定めていたのではないか、と推理するのであるけれどもどんなものか。原稿をどうにでもしてくれと他人に委託するという行為は、まるでおのれの生命の証《あかし》を投げ捨ててしまうことに通じる、かのようにわたくしには思えるのである。

それに両文豪の日記をならべてみると、振分け姿の荷風を無造作に描いたりの、俗人的な和文脈の書きっぷりには、谷崎の生活力の逞しさふてぶてしさがそのまま出ている。それに、まわりにはコイサン、キアンチャンたち美人もはべっている。そして「荷風先生」として迎えたのに、いつか「荷風氏」になっている。たいして、荷風の漢文脈の簡潔さ精確さはまことに見事であるが、いかにも神経の細さというものが感じとれる。それになによりも荷風は孤独地獄のなかにいる。谷崎は苛烈な戦時下においても生活者としては勝者であり、荷風は敗者と見なすほかはない。「醬油色の手拭を持ち背広にカラなしのワイシャツを着」という一行なんか、荷風ファンとしては涙なしには読むことができないではないか。敗者は言わずただ消え去るのみ、ということなのであろう。

『日乗』のこの日の記載のお終いの一行にはこうある。

「岡山の如く蛙声を聞かず、蚊も蚤も少し、」

いまは、荷風さんの安らかなその夜の眠りを願うばかりである。

●自決の意でもあるように

念押しになるけれども、もう一席。空襲で三度も焼け出され、身ひとつで流浪の旅をつづけねばならなかった当時の荷風さんの精神状態について書いておきたい。昭和という悪政のまかり通っていた時代にも、痛罵《つうば》し呪詛《じゅそ》し酷評し笑殺し、ときに昔を偲《しの》び悲しむことはあっても、荷風さんは孤高にして、頑《かたく》ななまでに強気であり、あえていえば倨傲《きょごう》であった。が、『日乗』からみると、その精神の強さが偏奇館焼失のあとから衰弱しはじめ、八月ごろにはもうすっかり影をひそめる。

「……今年は思ひもかけぬ土地に来り見知らぬ人の情にすがり其人《そのひと》の家に雨露をしのぎ、其人の畠に植ゑし蔬《そ》菜《さい》をめぐまれて命をつなぐ、人間の運命ほど図り知るべからざるはなし、……」（八月二日）

「……この夜広嶋より宅智子菅原三氏の放送あり、……わざ〳〵席をもふけて余を迎ふ、蚊に攻められながらラヂオを聞く苦しみも浮世の義理の是非もなし、」（八月四日）

諦念《ていねん》が先に立ち、虫酸《むしず》の走るくらい嫌いなラジオも我慢して聞くくらいに、荷風さんは天涯無宿の孤独の老人になっている。

ここにある智子菅原は、戦前の浅草オペラ館での「葛飾情話」上演いらい親交の深かった菅原明朗・永井智子夫妻のことで、ここ岡山における荷風の庇護者いいかえれば身内になっている人たちである。その智子夫人が東京に住む荷風の従弟大島一雄（杵屋五叟《きねやごそう》）あてに送った六月六日づけの手紙が残されている。そこには岡山空襲に罹災《りさい》前後のいかにも哀れな荷風さんのことがでてくる。

「永井先生は最近はすっかり恐怖病におかかりになり、あのまめだった方が横のものを縦になさることもなく、まるで子供の様にわからなくなってしまい、私達の一人が昼間一寸《ちよつと》用事で出かけることがあっても『困るから出ないでくれ』と云われるし、食べた食事も忘れて『朝食べたかしら』なぞと云われる始末です。ここ四五日はいくらか良くなられた様ですが、全く困っております」

そしてまた、その菅原夫妻の回想によれば、荷風はくり返し頼んでいたという。

「もし戦災で死ぬようなことがあったら、構わずに死骸を往来に棄てて行ってください」

まこと、精神の寂寥《せきりよう》、ここにきわまれり。生きていく意思を放擲《ほうてき》したかのようであろう。生涯を託するものが何もなくなったあとの自己放棄、つまり死の誘惑がそこに浮かび上がる。

そういえば、佐藤春夫『小説永井荷風伝』に妙なことが書かれていたのを想い出す。勝山で、シコシコ書きつづけた原稿を荷風が谷崎に預けたことに関連している話である。谷崎の縁戚《えんせき》でもある瀬沼茂樹が谷崎から直接に聞いた話の伝聞として、「(谷崎は)荷風がどう処分してくれてもいいと云ったが、何となく気味が悪くて受取らなかったと云う」と佐藤は書く。このこと自体は間違っていて、谷崎はたしかに受け取ったのであるが、そこから佐藤は推理する。

「気味が悪いの語は簡で真意を知り難いが、当時の荷風の様子に、もしや自決の意でもあるように見受けられるものがあったのではないか」

と。いやいや、荷風さんには自決の意思なんかなかった。しかし、あとは野となれ山となれ、もう生きているのが嫌になった、いわば野たれ死にへの希求があった、とわたくしは思うのであるが……。

●細君下戸ならず

八月十四日、勝山での二日目の朝、ゆっくりと身体を休めていればいいものを、荷風さんはどうしてどうして目ざとい。『日乗』には「晴、朝七時谷崎君来り東道して町を歩む、……」とあり、谷崎『疎開日記』にも「朝荷風氏と街を散歩す。」と記されている。

両文豪になったつもりの嵐山氏とわたくしも、テレビ撮影班に追い立てられるように勝山大橋まで車で運ばれる。ただし、こっちは昼日中である。旭川河畔をぶらぶらして、こんな会話をかわす。
ニセ荷風「どんなものですかね、できるならば私もここに腰を落ち着けたいとも思っているんですが……」
ニセ谷崎「いや、この地は食料調達の便がまことに悪く、移ってこられても困窮はいやますばかりで……それより三日に一度くらいは食料の配給のあるという岡山におられたほうがよろしいのでは」
ニセ荷風「……」
ニセ谷崎「それでもお出でになるというのであれば、部屋と燃料とは確かにお引受け申しますが、食料の点は責任を負うことは到底できません。ご自分で調達していただかなければ……」
あまりに率直にして、すげない友の断りの条に、ニセ荷風のわたくしは憮然《ぶぜん》として天を仰ぐばかり……で、撮影終了となる。以上の会話は、両文豪の日記を参考にして構成されている。ふたりの、出来の悪い編集者上がりのその場かぎりのでまかせではない。
すなわち、『疎開日記』には、荷風は「出来得れば勝山に移りたき様子なり」であったが、「予は率直に」責任は負えないと答えたとある。このあっさりさにたいして『日乗』には、読みようによってはかなりむごい谷崎の断りの言葉が書き込まれている。

「……余谷崎君の勧むるがまゝ岡山を去りこの地に移るべき心なりしが広嶋岡山等の市街続ゝ焦土《しょうど》と化するに及び人心日に増し平穏ならず、米穀の外日用の蔬菜を配給せず、他郷の罹災民は殆《ほとんど》食を得るに苦しむ由、事情既にかくの如くなるを以て長く谷崎氏の厄介《やっかい》にもなり難し、依《よっ》て明朝岡山にかへらむと……」

やっぱりダメかと、このあと気落ちしてしょぼしょぼと駅まで行き、岡山までの乗車券を工面してもらおうとする荷風さんの姿が、『日乗』から浮かび上がる。けれども、すべては「戦争遂行のため」が優先で、すんなりと切符の買える時代ではなかった。鉄道義勇隊員の駅員に「駄目だ、駄目だ。ためしに明日の朝五時に来てみるんだな、ことによったら買えるかもしれないからな」ぐらいに軽くあしらわれたにちがいない。『日乗』には、

「依て亦《また》其事を谷崎氏に通知し余が旅宿に戻りて午睡《ごすい》を試む」

とある。何も彼もが意のようにはならず。昼寝だって試みただけで、さぞや眠ることかなわずであったことであろう。

ところでその汽車の切符である。『日乗』の翌十五日にこんな風に荷風さんは書いている。

「……飯〔朝飯〕後谷崎君の寓舎に至る、鉄道乗車券は谷崎君の手にて既に訳もなく購《あがな》ひ置かれたるを見る」

流浪の旅人である貧窮文豪とは違い、女性に囲まれた富裕文豪のカオは小さな田舎町では大いに利いたようである。思い出すのも癪《しゃく》な話であるが、戦争末期、断末魔《だんまつま》の大日本帝国は、まさしく人生百般・諸事万端、カオを利かせねば何も手に入らない時代であった。

さて、ここからは叱られそうなことをくどくどと書くこととなる。すなわち、せっかく勝山くんだりまで呼んでおきながら、現実主義者の谷崎氏は哀れな先輩にたいして突如として、少々つれなくなったのではあるまいか、という推理である。二つの日記を読みくらべてみると、ここに住みたい、との思いもかけない先輩の一言があったあと、こりゃ大変だとばかり、後輩は厄介払いの気配を濃厚に示しだした。と、荷風贔屓《びいき》のわたくしにはそう読めるのである。

当時の日本中の田舎が、よそ者に冷たかったことは確かである。勝山もまた然りであったであろう。さりとて老人ひとりが細々と生きるくらいのモノも親切もあった。

谷崎氏の「他郷の罹災民は殆食を得るに苦しむ」というお引き取りを願う理由は、いかにもとってつけたようなもの。そのカオをもってすれば、いくらでも便宜を図ることができたであろうに、と思うのである。

それに鉄道乗車券の早手回しの手配はどうか。しかも切符の入手確実となり、間違いなく明日には先輩は岡山に帰る、と決まったあと、送別の大盤《おおばん》振舞いの準備となる。

『疎開日記』にはこうある。

「本日此の土地にて牛肉一貫（二〇〇円）入手したるところへ又津山の山本氏より一貫以上届く。今日は盆にて昼は強飯《こわめし》をたき豆腐《とうふ》の吸物にて荷風氏も招く。夜酒二升入手す。依って夜も荷風氏を招きスキ焼を供す。又吉井勇《よしいいさむ》氏に寄せ書のハガキを送る。」

酒も牛肉も、ほうぼうへ口をかけたらどしどしと届いたことがわかる。それにしても、何とも富裕文豪のおカオの広いことよ。

『日乗』には、少しく送別の宴の模様が書かれている。

「……燈刻谷崎氏方より使の人来り津山の町より牛肉を買ひたればすぐにお出《いで》ありたしと言ふ、急ぎ小野旅館に至るに日本酒も亦あたゝめられたり、細君下戸《げこ》ならず、談話頗《すこぶる》興あり、九時過《すぎ》辞して客舎にかへる、深更警報をきゝしが起きず、」

谷崎夫人の松子さんもお相伴《しょうばん》で酒を呑み、大いに打ち興じたのである。どちらかといえば下戸の荷風さんが、浮き立つ座の空気に乗れたのかどうか。久し振りに口にしたであろうすき焼きの牛肉の味に毫《ごう》もふれていないあたり、いささかの察しがつくというものか。

●一回引出金額金弐百圓也

それにつけても、下町向島育ちの貧乏性というやつは、老骨になっても治らない。いや、年金も怪しくなるご時世、ますます貧乏性が強化されていくようでわれながら困惑する。谷崎さんご馳走の牛肉一貫二〇〇円がやたらにチラチラしている。二〇〇円とは、豪気なもんである。

「週刊朝日」編『値段史年表』によれば、昭和二十年の牛肉（一〇〇グラム）八十銭（年平均小売り価格）とある。一貫目は三七五〇グラムゆえ定価なら三十円。さてさて、谷崎さんは七倍の闇値で買い入れたことになる。やっぱりこれは厄介払いの送別会とみるよりは、心からなる歓送の宴とみるべきなのかな。

ちなみに同書による昭和二十年の諸物価はざっと左の如し（ただし八月十五日前か後か、明確ではない）。ウイスキー二十円、芸者の玉代十円、ビール二円、日本酒は十九年四月で一升十二円などなど。ほかの史料でも、「終戦時の米一俵の値段は六十円」とか、「この年の六月十六日に都民食堂約六〇〇軒がすべて外食券食堂に切り替わった。朝食二十五銭、夕食五十銭となる」とか。要するに戦争末期には牛肉一貫二〇〇円という華々《はなばな》しいことなど何一つなかったのである。

神戸から岡山に落ち延びてきた翌日の、『日乗』六月十三日に面白い記載をみつけたので、その部分を引いておく。

「……此の婦人の世話にて住友銀行支店に行き三菱銀行新宿支店預金通帳を示し現金引出の事を請《こ》ふ、引出金額一個月五百円かぎり、一回引出金額金弐百圓也《なり》と云《いふ》、一同岡山ホテルに宿す、……」

これでみると荷風さんは預金通帳から二〇〇円現金化する確約をえた、と推察できる。岡山での生活もこれで一安心というところであったのであろう。とすると、二〇〇円の牛肉はぶったまげるほどの高嶺《たかね》の花であったことになる。さすがさすが、谷崎さん、である。

●正午戦争停止

夜が明けると八月十五日である。赤岩旅館における朝食は、卵、玉葱《たまねぎ》の味噌汁、小魚鮠《はや》のつけ焼き、茄子《なす》の香の物で、「これも今の世にては八百膳《やおぜん》〔ママ〕の料理を食するが如き心地なり」と記し、谷崎氏手配の乗車券で、午前十一時二十六分発の姫新線下りに乗車、荷風さんは勝山の町にサラバサラバである。新見駅で伯備線に乗換えて、ここで気を落着けて松子夫人から手渡された弁当を開く。

「……白米のむすびに昆布《こんぶ》佃煮《つくだに》及牛肉を添へたり、欣喜《きんき》措《お》く能はず、……」

昨夜のすき焼きと違って、よほど美味かったものらしい。人間、この世に未練はまったくなくなっても、美味いものは美味いし、皮肉も忘れないようである。そのあと「食後うとうとと居眠」していた車中の荷風さんが、もちろん、終戦の天皇放送を聞くわけはなかった。岡山着が午後二時すぎである。そのあとの『日乗』がいい。

「……S君〔菅原〕夫婦、今日正午ラヂオの放送、日米戦争突然停止せし由を公表したりと言ふ、恰《あたか》も好し、日暮染物屋の婆、鶏肉葡萄酒を持来る、休戦の祝宴を張り皆〻酔うて寝に就きぬ、」

あっさりと記すだけなのは、相当に草臥《くたび》れていたものとみる。ただし、後日、欄外に「正午戦争停止」とあらためて墨で書き加えている。事実の確認である。よっぽど嬉しかったのであろう。これで野ざらしの必要のなくなった荷風さん、さて、どうするつもりか?

＊1　わが女房どのにはけなされたけれども、嵐山氏の谷崎もどきはともかく、わが荷風もどきのほうは、長い顔と、身長にかんするかぎりはかなりいい線をいっていると自賛する。わたくしは身長一七七センチである。荷風さんは、正確にはわからないが、恐らくは一八〇センチに達せんばかりの大男であった。あとでふれるが、浅草の「峠」というスナックで三度、実物にお目にかかったけれども、びっくりするような偉丈夫であった。明治十二年生まれの明治の人としては群を抜いている。もってテレビ局のお眼鏡にかなったわが荷風もどきという次第である。

そこで終戦直後の物資払底の折りには、さぞや履く靴に困ったことであろうと、余計なことが考えられる。わたくしもかなり困った。長いこと兵隊靴を履いて学校に通っていたが、間もなく足駄にした。荷風さんが晩年に下駄をもっぱら履いていたのは、そのためではないか。それを当時は庶民的とか新聞雑誌が伝えていたが、とんだ誤解ではなかったか。履く靴がなかったからという理由でしかない。荷風という人は庶民的であったことなんか一度もない。終生「精神貴族」であったとわたくしは考えている。

なお昭和二十二年の『日乗』に「十一月念七。晴。朝靴を売りに来りし人あり。赤皮半靴を買ふ。金弐千参百円也。……」という記載がある。大足に合う靴があり、大枚を叩いたものとみえる。この靴を愛用したかどうか、定かではない。

第一章

生きる甲斐なきときに

——昭和二十年

●断腸花がよく似合う

これからもっぱら『断腸亭日乗』におんぶして、荷風さんの「戦後」について書く。
よく知られているように、この『日乗』は大正六年九月十六日に起筆され、昭和三十四年四月二十九日の荷風さんの死の前夜まで執筆されている。永井荷風の生涯を知らんとすれば、これ以上に貴重な文献はない。こんな言わでものことを書きながら、そも「断腸」とは？　にまずちょっとふれておくことにする。

ふつう「断腸」という言葉からは、漢詩を想起する人が多いであろう。李《り》白《はく》が楊貴《ようき》妃《ひ》のことをうたったとされる「清平調詞其の一」には、

一枝《いっし》の紅艶《こうえん》　露　香《かおり》を凝《こ》らし
雲雨《うんう》巫山《ふざん》　枉《むな》しく断腸

また杜甫にも、「公安にて韋二少府を送る匡賛」でこううたう。

古往今来　皆涕涙
断腸　手を分かてば　各風煙

李杜のみならず、こんな風に中国の詩人たちは「断腸」という言葉を盛んに使う。白居易の「長恨歌」にもある。

夜雨　鈴を聞けば、腸断たるる声

これが日本に渡ってきて、七世紀の万葉集にもすでにこの語がちらほら見えている。たとえば、大伴旅人の「凶問《きょうもん》に報《こた》ふる歌」（七九三）の序文にそれがある。

「禍故《かこ》重畳《ちょうじょう》し、凶問累集す。永く崩心《ほうしん》の悲しびを懐《いだ》き、独《ひと》り断腸の泣《なみだ》を流す」

その意は要するに、悲しみの極み、である。日本人ならば、哀愁惻々《そくそく》胸が痛む、胸に迫るといいたいところを、中国人は「腸が断たれる」とやる。喜怒哀楽を感ずる「こころ」が、日本人や韓国人と違って、中国人は胸になくて腹にある、というのも面白い話で、一席弁じたいところであるが、本題ではないので今回は省略する。

世のすべてを悲愁をもって、すなわち「断腸」の想いをもってしか見ることのできない荷風さんは、で、みずから称して断腸亭主人とした、とハナから思いこんでいたが、それはおっちょこちょいもいいところで、とんだ早合点であったらしい。随筆集「冬の蠅」（昭和十年刊）の「断腸花」の書き出しにこうある。

「心ありて庭に栽ゑけり断腸花

此句は大正六年の春、わたくしが大久保の家の庭に秋海棠《しゅうかいどう》の芽ばえを植ゑたことを、手紙の末に書き添へた時、籾山庭後君がわたくしの為によまれたものである。数へると十八年のむかしである。」

つまり断腸花とは秋海棠の異名である。その秋海棠を大久保余丁町の本宅の、書斎六畳の外の庭に植えた。それでその六畳を断腸亭と名づけることにした、というのがもともとの話というのである。それに秋海棠はもっとも好む花であることも、雑誌のアンケートで荷風さんは答えているという。なーんだ花なのかと思わないでもないけれども、わかってみればそれはそれでまた面白い。

断腸花がそもそも日陰を喜ぶ花であるように、わが断腸亭主人も日の当たるところを嫌う御仁であった。権門枢機を蛇蝎《だかつ》視し、位階勲等を無視し、声高に「断腸」の言を吐きちらすことを軽蔑し、お雪さんのような〝ひかげの花〟をひたすら愛する人であった。なるほど、荷風さんには断腸花がよく似合う。

●月と運命について語る詩人

八月十五日、荷風さんは『日乗』の欄外に、「正午戦争停止」と墨書した。同居の菅原夫妻から天皇放送のことは聞かされたが、デマ猖獗《しょうけつ》の混沌たる世の中、いくらかは疑心暗鬼のところもあったのであろう。この六文字は多分夕方になって配達されたその日の新聞朝刊を目にした後に、確信をもって書き加えたものとみる。なぜならこの日の朝刊は、前日に記者発表はするものの、天皇放送がすんでから発売することに決められていたゆえ、日本全国ほとんどのところで午後も遅くか、夕方になってから配られたからである。

この日、政治指導者も軍人も、官僚も実業家もひたすら泣いた。教師も学生も商人も農民も職人も泣いていた。当時中学三年生、十五歳のわたくしの記憶でも、大袈裟にいえば日本中の人々が慟哭《どうこく》していたといっていい。詩人も作家も涙で頬を濡らした。大岡昇平、山田風太郎、広津和郎、内田百閒、高浜虚子、斎藤茂吉……と、多くが日記にその日の思いを残している。といって、この日の慟哭歔欷《きょき》の意味は複雑で、一概にいえない。絶望、無念、情けなさ、悔恨、幻滅、将来への不安と恐怖、何ものへかわからない憤怒《ふんぬ》、そうしたさまざまな思いが胸の底で渦巻いていたことであろう。そして、涙の底から生まれ出ているのは陶酔というか、民族の受難という意識ではなかったか。涙を流しつつそれを確かめあった、それが八月十五日であったと、拙著『日本国憲法の二〇〇日』に書いた。それがゆえにまた、この戦争の責任を問うといった非情な精神的厳しさというものを、日本人はもちえなかったことも。ところが、肝腎《かんじん》なのは荷風さん。どうもそれらといっさい無縁であったようで、その日の感慨らしいものはまったくない。わずかに「恰も好し」の四文字があるが、それも染物屋の婆さんが鶏肉と葡萄酒を持ってきてくれたことにたいする喜びであり、終戦とは直接の関係がない。つまりは時勢がどうなろうと愛想もへったくれもない。これでは取っつきようがないから何か書こうとするときまことに困る。仕方がなくて、鵜の目鷹の目でほかの何かを『日乗』で探しまわらざるをえないことになる。

三月九日、偏奇館の炎上焼亡の夜、荷風が「下弦の繊月凄然として愛宕山の方に昇るを見る」と、はっきりと月をみとめていることは前に書いた。わたくしはそこに目をつける。

「……郵書を奈良県生駒郡法隆寺村に避難せる島中雄作に寄す、また礼状を勝山に送る、月佳なり、」（八月十六日）

「……深夜月佳なり、」（十九日）

「……此夜月まどかなり、思ふに旧七月の幾望《きぼう》なるべし、来月は早くも中秋なり、漂泊の身今年はいづこの里いづこの町に至りて良夜の月を見るならむ、東京を去りてよりいつか九十日に近くなりぬ、」（二十一日）

「……晡下《ほか》驟雨、須臾《しゆゆ》にして晴る、夜月色清奇なり、……
　庭の夜や踊らぬ町の盆の月」(二十二日)

まさにわが月の詩人は、孤独なおのれの姿、漂泊の身の自分を月に託し、静かな対話を交わし、われとわが心を慰めていた。

戦災死を覚悟しながら死ねなかった荷風は、たしかに平和の到来を喜んでいる。「食料いよ〳〵欠乏するが如し、朝おも湯を啜《すす》り昼と夕とには粥《かゆ》に野菜を煮込みたるものを口にするのみ、されど今は空襲警報をきかざる事を以て最大の幸福となす、」(十八日)、あるいは「兎に角に平和ほどよきはなく戦争ほどおそるべきものはなし、」(二十日)とかなり手放しの喜びようである。しかし、それも戦火に追われて逃げる必要がもうなくなり、ホッとしたまで。解放感とか新時代謳歌《おうか》とかとは関係がこれっぽっちもない。依然として孤独であり、死ぬまで生きつづけなければならない虚《むな》しさであり、諦念であったと思われる。そして、ただ月との対話をつづけていた。対話の主題は何か?　それは、運命について、であったにちがいない。

面白いことが『日乗』に書かれている。九月九日に東京の旧友の某氏から手紙を受けとった。それには「荷風先生の時代遂に到来、万々歳に御坐候、愈々荷風時代を再現せられん事を切望に不堪候、」とあった。これを荷風さんは一笑にふしている。

「……要するに広告の文章、御坐なりの挨拶に過ぎず、一点真率の気味なし、浩歎《こうたん》せざるべけんや、……」（九月十六日）

国がどうなろうと、おのが身のことは酷薄な運命のままに、と諦めに徹している荷風には、すべてが他人事としか思えなかったのであろう。

発表は翌二十一年二月であるが、敗戦の年の十二月十日に書きあげられた「冬日の窓」という随筆がある。これが戦後すぐの荷風の心境を知るうえで好個の作品になっている。少し長く引用する。

「爆弾はわたくしの家と蔵書とを焼いた。（中略）わたくしは今辞書の一冊だも持たない身となつた。今よりして後、死の来るまで――それはさほど遠いことではなからうが――それまでの間継続されさうな文筆生活の前途を望見する時頗《すこぶる》途法に暮れながら、わたくしは西行と芭蕉の事を思ひ浮べる。

歌人とならうが為めでもなければ、又俳諧師とならうがためでもない。わたくしは唯この二人の詩人がいづれも家を捨て、放浪の生涯に身を終つたことに心づいたからである。家がなければ平生詩作の参考に供すべき書巻を持つてゐやう筈がない。さびしき二人の作品は座右の書物から興会を得たものではなく、直接道途の観察と羈旅《きりよ》の哀愁から得たものである。

一人は宮中護衛の職務と妻子とを捨て、他の一人も亦同じやうに祖先伝来の家禄を顧みず、共に放浪の身の自由にあこがれ、別離の哀愁に人の運命を悲しんだ。いづれにしても希望の声を世に伝へたものではない。」

戦後すぐの荷風は、死の希求を捨てたかわりに、世とはよりいっそう孤絶して、放浪に徹し、いつの日にか野ざらしになることを、どうやらおのれの生き方と思い定めた。もう自分の城をもたず、爆弾で死ななかった代わりに、死神が迎えにくるまであなたまかせの風来坊になることを肯定したのである。

さて、「戦後の荷風」が西行・芭蕉につづく人生の旅人になりきれれば、まことに楽しくて楽しくて、というところであるが、惜しむらくは世の中のほうが放っておいてはくれなかった。戦争中にシコシコと書き溜めておいた原稿が売れ出して、流行作家と祭り上げられる日が、すぐそこまで来ていたのである。残念無念というほかはない。

●熱海にたどり着いた日

敗戦の八月いっぱい、荷風はしきりに岡山から東京へ帰りたがっている。二十日にその意思を従弟の杵屋《きねや》五叟《ごそう》に手紙で伝えたが、国内の治安の確立するまで「猥《みだり》に庶民の入京することを禁止する由」を新聞が伝えていたので、それを断念する。しかし、帰京への焦慮は募るばかり。

「余の如き老衰の者果して無事に東帰することを得るや否や、憂慮眠る能はず、風雨深更に歇《や》み月明水の如し、」（二十五日）

「余もとより蘇武俊寛の悲しみに陥らむことを恐るゝ者なり、唯東京行切符を得ることの難きを慮ふるのみ、」（二十八日）

ところが、親切な人に鼻薬を効かせろと教えられ、「金子一包を贈り」二十九日には、東京行きの二等の乗車券を入手することができた。すでに転変した戦後の、まともじゃ生きていけない、弱肉強食の世相がはじまっていたのである。かくて三十日、岡山を発った荷風は翌日に一応は東京へ着いたものの、頼みの五叟は熱海に転居していたので、それを追ってまた列車に乗る。自分の身の始末のために荷風さんはまことに忙しい。こっちもくだくだと足どりを書かないわけにはいかなくて、面倒くさいったらない。とにかく荷風が熱海の木戸氏の家にいた杵屋五叟のもとに辿り着いたのは九月一日である。

「九月初二　日曜日、昨夜木戸氏東京より来りて一泊せり、午後その書斎に入りて余の災前に預け置きし書冊の恙《つつが》なきを見る、又その語る所によりて五叟の熱海に移居せし事情、及び木戸氏がこゝより東京中野に家を購《あがな》ひ急ぎて移転せし訳を知り得たり、」

これで全文である。この日、東京湾上の戦艦ミズーリ号で降伏調印式の行われたことなど、毫《ごう》もふれられていない。いや、それだけではない。それまでの、特殊慰安施設の設立（十八日）も、東久邇宮首相の「一億総懺悔《ざんげ》」談話（二十八日）も、占領軍の日本進駐（二十八日）も、マッカーサー元帥の厚木着陸（三十日）も、すべて完全無視。これぞ荷風の真骨頂で楽しいところなのである。

『日乗』に、国家敗亡にともなう有為転変の世相の一端が、やっと記載されるのは九月九日である。

「……新聞紙上米兵の日本婦女を弄ぶものありとの記事を載す、果して真実ならば曾《かつ》て日本軍の支那占領地に於てなせし処の仕返しなり、已れに出で、おのれにかへるもの亦如何《またいかん》ともすべからず、畢竟《ひっきょう》戦争の犠牲となるものは平和をよろこぶ良民のみ、浩歎に堪えざるなり、……」

お蔭でこっちの筆もようやく躍りだすのである。

●豹変した日本人ども

八月十五日の国家敗亡を迎えたとき、わたくしは十五歳、中学三年生である。熱狂的な軍国少年ではなかったが、それでも天皇のために死ぬ気ではあった。軍需工場で働きつつ、ときには血走った目を吊り上げた大人の叱咤《しった》を浴びながら、大本営陸軍部作成の「国民抗戦必携《ひっけい》」にもとづく訓練に汗と涙をふりしぼったりしていた。「敵が上陸してきたら国民はその土地を守って積極的に敵陣に挺身《ていしん》斬込みを敢行し、敵兵と激闘し、これを殺し、また兵器弾薬に放火したり、破壊して軍の作戦に協力しなければならない。白兵戦の場合は竹槍で敵兵の腹部を狙って一と突きにし、また鎌、鉈《なた》、玄能《げんのう》、出刃庖丁《でばぼうちょう》、鳶口《とびぐち》、その他手ごろのもので背後から奇襲の一撃を加えて殺すこと、格闘の際は鳩尾《みずおち》を突いたり、睾丸を蹴上げて敵兵を倒すよう訓練を積んで置かねばならない。……」

いま考えれば、戦車と自動小銃をもつものすごくデッカイ米兵を相手に、どうして激闘や格闘ができるというのか。阿呆の極みと申すほかはない。

それがなんたることか。「一夜明ければ」まわりの大人どもはあっさり裏返ったのである。あれほど精神の切替えを鮮やかに、いやノホホンとやってのけた例は、歴史上稀《まれ》であったであろう。大日本帝国は「日本国」となり、民草《たみくさ》のかわりに「人民」が登場、熱血殉国の教師は厚顔無恥にも民主主義の旗ふりとなる。戦争に敗《ま》けるとは、政治的に平伏し軍事的には木っ端微塵《みじん》に砕かれる、だけではすまず、精神的・思想的かつ文化的にも、過去の日本のすべてが全否定されること、と骨身に沁みて思い知らされた。この抜け抜けとした自己欺瞞、保身はいまにつづいている。

九月三日、全国の駅名をローマ字で、と指令。十日、言論・報道への覚え書を発し検閲を開始する。十一日、戦犯逮捕令。二十日、教科書の戦時教材に墨塗りを通達。と、連合国軍総司令部（GHQ）は、つぎつぎに占領政策を押しつけてくる。日本人はこれらを微笑をもってあっさり受け入れていく。過去の反省や悔恨などしている暇はない。いまや、「後進国民」という新しい自己評価の上にたって、鞠躬如《きっきゅうじょ》として更衣《ころもがえ》していく。

そんな風に急変する社会状況下の荷風さんである。熱海市和田浜南区一三七四番地の木戸正方に仮の住居を定めた荷風は、どんな想いで敗戦日本を眺めていたことか。『日乗』九月十六日になって、こんな皮肉な見方が初めて書かれている。

「……余はいはれなく余が余命も来春まで保ち得るや否やと思へる折から、戦敗後の世情聞くもの見るもの一ツとして悲愁の種ならぬは無し、昨日まで日本軍部の圧迫に呻吟《しんぎん》せし国民の豹変《ひょうへん》して敵国に阿諛《あゆ》を呈する状況を見ては、義士に非らざるも誰か眉を顰《ひそ》めざるものあらむ、……」

こんな風に日記から、これまでの軍部の暴虐にむけられていた呪詛《じゅそ》がなくなって、代わりに「豹変」と「阿諛」という日本人の情けない根性への、抑えきれない痛嘆があらわれている。

さらに九月二十六日の項である。全文を引く。

「天気快晴、窓より見ゆる江湾島嶼《とうしょ》の風景、可憐なること庭園の如し、丘陵の中腹緑樹の間より幾筋ともなく温泉の白き烟《けむり》、まつすぐに高く立ちのぼりていづ方にもなびかざるを見る、江湾の秋の半日いかに風なく静なるかを知るに足るべし、斯くの如き穏にして美麗なる風土は武力を濫用して侵略の暴行を企図すべき処《ところ》に非らざることを証するものならずや、現在の日本人種は其大半他処より漂流し来りし蛮民の子孫なること亦《また》自ら明なり、米国の学者好事家現在の日本を知らむと欲すれば先《まず》その研究をこの辺より始めざるべからず、マカサ元帥以て奈何《いかん》となすや、」

戦争中、武力をほしいままにし侵略につぐ侵略をあえてした日本人は、真の日本人に非ず。得体の知れない国からやってきた野蛮人なり、と荷風は喝破する。ほんとうの日本人は清明と美麗と穏和をおのれの真髄とする。そうした日本人の美質に狂暴な破壊と抑圧を加えてきたのは、まさしく野蛮な異民族であった、と荷風は言う。しかし、その国民支配の暴力組織は解体された。いまこそ、日本人のよき国民性を蘇生させ、美質を示すべき秋《とき》と、荷風さんは美しい熱海の風光を眺望しながら願っているのである。

それなのに開けてびっくり玉手箱、日本人の大多数が自分の国の歴史も伝統も文化も忘れて（いや、否定して）、いまや一にもアメリカ、二にもアメリカ、アメリカならでは夜も明けぬ有様である。戦後の潮流は、ふたたび否応なしにおのれを孤立した場所に押し流していくようである、と荷風は感じはじめたのではないか。それもまた、待ってましたッ、で、時代に背を向ける荷風を見ることは、まさしくわが趣味にピタリというところでもある。

思えば、荷風さんはいつだって世に阿《おもね》る有象無象《うぞうむぞう》から孤立していることを生活信条とした。昭和十二年の作品『濹東綺譚《ぼくとうきたん》』の「作後贅言《ぜいげん》」がすぐに想い出されてくる。

「わたくしは元来その習癖よりして党を結び群《ぐん》をなし、其威を借りて事をなすことを欲しない。むしろ之を怯《きよう》となして排《しりぞ》けてゐる。治国の事はこれを避けて論外に措《お》く。わたくしは芸林に遊ぶものの往々社を結び党を立てゝ、己に与《くみ》するを揚げ与せざるを抑へやうとするものを見て、之を怯となし、陋《ろう》となすのである。」

これである。戦前・戦中は軍部、そして戦後は付和雷同組を含め日本文化の否定派どもを、荷風は〝敵〟と見定める。こうして新しい生き甲斐を見つけて、いくらか元気を取りもどしたのではあるまいか。

それにしても、戦後の『日乗』を追っていくと、世の風潮を卑しめ罵倒し否定するがゆえに、かえって反骨を示して古き良き日本を讃える、そんな荷風がとてつもなく〝愛国者〟であるかのように思えてくる。荷風さんにとっては迷惑至極なレッテルに違いないが。

●まわりには不忠の臣ばかり

荷風が『日乗』に「マカサ元帥以て奈何となすや」と認《したた》めたその翌日の二十七日、天皇はアメリカ大使館にてマッカーサーと会見した。そのとき撮られた一葉の記念写真、といえば、それ以上ことごとしく書くこともないであろう。GHQは、「天皇の神格」打破、日本国民に大ショックを与えることを狙ったのである。翌二十八日に会見のことが新聞報道として伝えられ、写真はさらに一日遅れて二十九日の新聞朝刊に載る。このときにGHQと日本政府との間にいざこざの起こった事実が『高松宮日記』に残されている。

「今日ノ新聞ニ『マク』トオ上トノ御写真ガ出タノデスベテ発禁、郊外ト昨夕ノ東京ハソノマ、出タ。（三十日ニ『マク』司令部カラマタ指令デ之ヲ再配ス）。『マク』司

令部コトゞヽニソレ威令ヲ示シ、国民ノタメヲハカッテヰルト云形ヲトル」（二十九日）

つまり、国民には見せたくはないと政府が発禁にしたのを、ＧＨＱがそれは許せないと、再発行を命じたのである。

それで日記類では、ややちぐはぐな感じを与えられる。たとえば作家の高見順は、二十八日に新聞記事を読んで大きなショックをうけ「実に不思議な感じなのだ。天皇陛下は我々にとって近寄ることのできない神聖なものと教えられていたのである」と書く。さらに翌二十九日、写真を新聞で見て、「後世になるとかかる驚きというものは不可解とせられるであろうが、そうして古今未曾有と驚いたということを驚くであろうが、それ故かえって今日の驚きは特筆に値する」とひたすら驚嘆している。歌人の斎藤茂吉は、三十日になって写真を再配達の新聞で見たらしい。

「今日ノ新聞ニ天皇陛下ガマッカーサーヲ訪ウタ御写真ノッテイタ。ウヌ！　マッカーサーノ野郎」

と、痛憤の文字を記している。以下は略すが、このときの国民ほとんどは、敗戦ゆえにこれくらいの屈辱はと、きわめて当然のことと諦《あきら》めて受け入れた、といってもいい。そしてその上に「おいたわしい」という想いをだれもがかぶせたのではなかったか。

そして、わが永井荷風である。二十八日の『日乗』に「窓外の芋畠に隣の人の語り合へるを」聞いて、として長々とこの会見に関する感懐を書き込んでいる。新聞は読んではいないし、ましてやかの写真なんかまったく目にしていない。それにしては堂々たる、脱帽するのみの感想なんである。日本にいながら日本からの亡命者の荷風は、思いもかけぬ天皇好きであったのであろうか。全文というわけにはいかぬゆえ、珍しく優しいことを言っているところを。

「……我等は今日まで夢にだに日本の天子が米国の陣営に微行して和を請ひ罪を謝するが如き事のあり得べきを知らざりしなり、此を思へば幕府滅亡の際、将軍徳川慶喜の取り得たる態度は今日の陛下よりも遥《はるか》に名誉ありしものならずや、今日此事〔ママ〕のこゝに及びし理由は何ぞや、幕府瓦解の時には幕府の家臣に身命を犠牲にせんする真の忠臣ありしがこれに反して、昭和の現代には軍人官吏中一人の勝海舟に比すべき智勇兼備の良臣なかりしが為なるべし、……」

海舟好きのわたくしのために、まことに嬉しいことを言っている。たしかに昭和史の「藪《やぶ》の中」には不忠の臣ばかり。リアリズムを失った夜郎自大の者が寄ってたかって国を亡ぼしたのである。さらに荷風は思い切ったことを書きつぐ。ここがまた、いい。

「……余は別に世の所謂《いわゆる》愛国者と云ふ者にもあらず、また英米崇拝者にもあらず、惟虐《ただしへた》げらる、者を見て悲しむものなり、強者を抑へ弱者を救けたき心を禁ずること能《あたわ》ざるものたるに過ぎざるのみ、これこ、に無用の贅言《ぜいげん》を記して、穂先の切れたる筆の更に一層かきにくくなるを顧ざる所以《ゆえん》なりとす、」

ここに「愛国者」の文字が出てくるので、わたくしは会心の笑みを頰に浮かべてしまう。やっぱりそうなんだ、の想いなんである。

●アメリカ嫌いなるか？

海舟が出てきたことでもう一言。九月二十日に東京の知人よりの手紙によれば、として、『日乗』に面白いことが書かれている。

「……東京の町ゝの様子其後は恰《あたか》も御維新当座の如くに相成り舶来の錦切続ゝ市内へ繰込み省線と言はず市電と言はず我物顔に横行致居候、尤も是等の錦切れハ舶来だけあつて芋や夏蜜柑の錦切とはちがひいくらか上品に見え申候、事件ハ錦切の掠奪が一番多く紀念品漁りも有之、女出入ハ少く相成申候、……」

ここに出てくる錦切れとは、幕末動乱のさい、江戸に進撃してきた西軍の連中が、筒袖だん袋とよばれた洋服の肩の下あたりにつけていた〝くくり守り〟のこと、「芋」が薩摩、「夏蜜柑」が長州であることは書くまでもないか。他人の手紙を装っているが、多分にご本人のものであろう。薩長嫌いの荷風さんならではの、痛快な譬《たと》えというほかはない。

また、われわれは「英米崇拝者にあらず」と書いていたが、舶来錦切れという言い方といい、荷風さんはアメリカ人嫌いではあったのではあるまいか。ちなみに、占領軍がジープを連ねて東京に進駐してきたのは九月八日のこと。そして、この東京の知人の手紙のお終いはこうである。

「……銀座辺へ買物に出る異人供の後をゾロゾロとついて廻り、やれタバーコ、チヨコレートなど、、片言の英語で乞食のやうに耻《はじ》も外聞もなくねだる国民服を見る時はおのれ日本人たる事を忘れてつく〲日本人がいやに相成申候、最近ハ閉戸先生を気取り外出も不致《いたさず》和本や書画の虫干を楽しみ居申候、」

アメリカ一辺倒の浅ましい日本人への愛想づかしであり、時代にたいする違和感の表明、それはとりも直さず、アメリカ嫌いの吐露ということになるのではあるまいか。戦後に執筆された最初の荷風作品は雑誌「新生」十二月号に発表された「亜米利加の思出」である。それはこんな風に始められている。

「……米国がいかほど自由民主の国だからと云つて其国に行つて見れば義憤に堪へない事は随分ありました。(中略) ストラウスの楽劇サロメが演奏間際になつて突然米国風の輿論のために禁止となつた事などは其一例でせう。(中略) 然し目下日本の情勢では亜米利加人の缺点を指摘することはできませんから其のい、方面を思出してお話をしませう。」

このたっぷりとした皮肉のなかに、戦後日本人の思想潮流にそっぽを向き、アメリカ一辺倒に迎合しない堅確《けんかく》な意思と覚悟のあることを読みとっても、それほど間違ってはいないのではないか。

●前歯一本折れたり

「戦後日本」という言葉に、ただちに飢餓を想いうかべるのは、焼け跡派の性《さが》というものかもしれない。主食の配給量は成人ひとりの一日当たりは米二合一勺《しゃく》で、約三〇〇グラム。一食茶碗一杯分である。あの物質的枯渇こそが人間生活の本然で、物に充ち溢れているいまの世は幻であると思う。

当時、荷風は熱海市和田浜の大野屋という休業中の旅館の裏、持ち主・木戸氏の別邸の二階の一室に住んでいた。その生活ぶりは、隣室の杵屋五叟《きねやごそう》(荷風の従弟、本名大島一雄）の一家からみると、偏屈な厄介者で終始していたらしい。食事をまったく別にし、部屋に七輪をもちこんでの自炊。それでときには笑うに笑えぬ大失敗をしでかしたりした。あるとき、二階の台所にあった磨き砂をメリケン粉と勘違いしくすねてきて、ご飯に混ぜて炊いたことがあった。とても食えたものではないのが炊き上がったのに、荷風はついにやせ我慢を押し通して残らず腹に納めてしまったという。まだ少年であった大島永光氏（五叟の次男、のちに荷風の養子となる）が回想している荷風の姿もおかしい。

「人嫌いの荷風は、他人を遠ざけ自分ひとりの密室に閉じこもる分だけ、他人にたいしても素直になれないところがあった。入浴するときは、財布ばかりか貴重品ぜんぶをかかえて風呂場に入った。大島家の者さえ信用できないのである。家中の者から『ほらまた荷物かかえて入っているよ』ともの笑いにされた」（「新潮45」5号）

そんな荷風さんには「飢餓の戦後」はまことに面白くない時代であった。『日乗』にはそのことがひっきりなしに書き込まれている。それがまた戦後日本を知るためのいい史料となっている。

「……晩食前市中を歩む、先月来食塩の配給杜絶《とぜつ》せし由《よし》にて家毎に海水を汲来《くみきた》り鍋にて之を煮詰め居れり、戦敗国の窮状いよ〳〵見るに忍びず、」（九月十九日）

「……町を歩み銀座通中程《なかほど》の喫茶店にてランチを注文するに、紙の如く薄く切りたる怪《あや》し気なるソーセーヂ数片に馬鈴薯《ばれいしよ》少し添へたる一皿のみ、而して其価四円税弐円なりと言へり、化粧用香油小壜《こびん》金弐拾円、罫引《けいびき》西洋紙一枚弐拾銭、板草履一足金四円、竹の皮草履一足弐円弐拾銭とのことなり、戦後日用品の価唯《ただ》人をして一驚を喫せしむるのみ、」（十月十二日）

「……上野公園また地下鉄道駅内には家なく食なき者多く集り旅客の弁当など開きて物食ふふ〔ママ〕を見るや、一人二人と次第に集り来り食物を奪去る由、毎日四五人餓死病死するものある由、目下東京市中最悲惨の光景を呈する処《ところ》はこゝなりと云ふ」（十一月八日）

「……四五日魚野菜の配給なし、午霜子〔五叟のこと〕の家人東京に用事ありて行くたび〳〵鯵干物葱《あじのひものねぎ》大根を購《あがない》帰れり、十二月より米の闇売むづかしくなる由、東京の闇市に握飯一つ金弐円を売るものなくなりふかし芋今まで弐円なりしが五円になりしと云ふ」（十一月二十九日）

いやいや、こうした全国民的な悲惨とは別に、荷風さんには個人的に思いもかけない悲劇が舞い込むことになった。それが実にお気の毒にして、かつすこぶる愉快ということにもなる。

「晴、午後より曇る、昼餉《ひるげ》の際前歯一本折れたり、岡山に在りし頃歯科医の治療を受けんとて尋ね歩みしかど見当らず、其後熱海に来りしかど此地の歯科医は薬なき為悉《ことごと》く休業してゐる始末にて、遂に治療すること能はず、老朽の容貌益〻醜悪となり鏡を見ることを欲せざるに至れるなり、晩風蕭索、」（十月三十日）

ここで大疑問が生じるのであるけれど、晩年の荷風さんは前歯の歯っ欠け爺さんであった。はたして、このときいらい、放置したままであったのであろうか。いかに「老朽の容貌益〻醜悪」と嘆こうとも、もしそうであるとするならば、戦後の荷風は容貌などまったく気にせず、つまり精神的に自己放棄していた、と見られる。情けなや、その昔の洋行帰りのダンディの矜持《きょうじ》いずこにありや。

●〆金参萬参千壱百四拾九圓也

前にもふれたが、風来坊となった荷風はすっかり諦念を抱いていた。生きる意欲を失った。「余はいはれなく余が余命も来春まで保ち得るや否やと思へる」（九月十六日）という覚悟にあり、「死なざるが故に已むことを得ず生きてゐるとはかくの如き生涯を言ふなるべし」（九月二十二日）と世捨人の心境のままに日を送っていた。が、すでに書いたように、美神はそのままあの世にゆくことを許してはくれない。

まず、九月七日、筑摩書房の古田晁《あきら》社長と社員中村光夫が東京からやってきた。なお戦前の『日乗』によれば、古田社長は焼失前の偏奇館の最後の客であったようで、小説『来訪者』『踊子』の原稿をその折りに出版するため荷風から受け取っている。そんな密接な因縁もあって、戦後も早く連絡がついたらしい。しかも荷風は喜んで二人を迎えている。中村光夫がそのときのことを回想して書いている。

「数え年六十七歳の荷風が房々した黒い髪をして、白髪もほとんどないこと、薄茶色の古びた洋服を着て、きちんと正座して話をしたことが印象にのこっています。『来訪者』出版の許可を乞うと、快く承知してくれましたが、何かの話のついでに、『僕はこんな時代にセレーブル（有名）になりたくない。』と髪の毛をかきあげながら云いました」（『永井荷風』）

さらに十五日の『日乗』である。

「……筑摩書房古田晁氏去六日（注・七日の間違い）余が旧稿来訪者其他出版の事を約して帰りしに今日突然其稿料として金壱万円安田銀行小切手を送来《おくりきた》れり、余其厚意に対して感謝するよりも寧《むし》ろ疑懼《ぎく》せざるを得ず、単行本一冊出版の報酬としては其金額あまりにも多きに過ぐればなり、」

これで荷風の驚愕が終わったわけではない。いらい訪客と驚愕は跡を絶たないことになる。

つぎは中央公論社の嶋中雄作社長の番である。十月三日、「島中氏書あり、遠からず中央公論社を再興し余が全集梓行の準備をなすべしと言へり」。翌四日、「島中氏電報あり、明後六日来訪すべしとなり」。その六日、「晡下島中氏来話、罹災見舞金壱千円、また何ともつかぬ謝礼金五千円を恵贈せらる、雑誌中央公論再興の準備に忙殺せらるゝ由」。早くも全集出版の話である。

折りから岡山県勝山の谷崎潤一郎氏からの、十月二日づけの葉書がとどく。「私方は来年正月頃ならでは神戸の家あき不申それまでは此処に越冬可仕《つかまつるべく》候。近々荷造りの資材を得次第御預り致候玉稿御返送可申候」。御預りの玉稿とは、谷崎に保管を依頼した戦争中の書き溜め原稿のことで、すべて未発表、それが返されてくる。となれば、いくらでも出版社の注文に応じられるというものではないか。

さて、さらに新興の出版社の青山虎之助社長の出番である。十月十五日、「朝九時新生社ゝ長青山虎之助氏刺を通じて面会を求む、新刊の雑誌を出すにつき来月半頃までに一文を寄せたまへと言ふ、原稿料一枚百円より弐百円までなりとの事なり、物価の暴騰文筆に及ぶ、笑ふ可きなり」。荷風さんはそう冷たく書きながら、その翌日に「草稿を新生社に郵送す」と、なぜか俄然やる気を示している。その原稿とは前項でふれた「亜米利加の思出」がそれである。

そして十一月九日、「晡時《ほじ》小説家川端康成中山義秀来訪、鎌倉にて文芸書類の出版業を営むと云ふ」とある。そして同月十四日には、「午後川端氏来り余が旧著濹東綺譚及びつゆのあとさきを一巻となして出版したしとて金一万円を贈らる、盖《けだ》し初版の印税なりと云ふ」と、『日乗』には素っ気なく記されている。その十四日の高見順の日記には「新生」十二月号（創刊号）が発売され、そこで「亜米利加の思出」を読んだ感想が記されている。これが面白い。

「軍部さまさまがたちまちアメリカさまさまとなっている今日、――皮肉屋といえばそれまでだが、こういう文章は、やはり土性骨のすわった文士魂といったものを思わせ、嬉しい。こんな程度のことすらいう者のない現状だ」

さらに十一月十六日、痛快なことが『日乗』に書かれることとなる。「筑摩書房雑誌展望創刊号に拙稿踊子を載すべしとて金参千六百四拾九円小切手を郵送し来れり」とあって、なんと、そのあとに、それまでにザブザブと入ってきた金額がきちんと記されている。

「一金六千円也　中央公論社
一金壱万円也　筑摩書房

一金壱千円也　　　　　　新生社
一金弐千五百円也　　　　新生社
一金壱万円也　　　　　川端氏
一金参千六百四拾九円也　筑摩書房
〆金参万参千百四拾九円也」

もう一つさらに、このあとの十一月二十六日。「午後扶桑書房主人来り、随筆冬の蠅を重印したしとて金五千円を置きて去る。」と、ここでも大金を受け取ることになる。

この文運隆盛は恐れいるばかり。荷風さん、奮起せざるべけんや。

●日記このまま中止？

もう自分でいくら「セレーブルになりたくない」とひねくれてみたところで徒労というものである。戦後の、満足に食っていないいまの状況下では、「人間も動物なれば其高下善悪は食料によりて決せらるべし、近年余の筆にする著作の如きも恐《おそ》らくは見るに足るべきものは非ざるべし、わが文芸の世界的地歩を占め得ることは到底望むべからず、悲しむべきなり、」（十二月八日）と、どんなに慨嘆してみせてもそれは余計なこと。言論解放の世、だれもが何であろうと読みたがっているときに、いま麗々しく発表されるわが作品にろくなものはない、と当の作者が言ったって信ずるものはいない。

が、昭和二十年暮までの荷風さんは依然としてやる気がなかったと、『日乗』を読むかぎり、そう観察せざるをえない。そして十月三十一日の『日乗』に注目すべき記述がある。

「……この雁皮紙帳面、麻布罹災前には猶《なお》四五冊ありしが皆灰となりぬ、細字に便なる真《しん》かきの筆も今はなし、日本紙に毛筆を以て物かくこともいよ〳〵困難となれり、戦争の禍害今更歎き悲しむも詮方なし、南無阿弥陀仏、」

まったくの話、写していてこっちも自然とナマンダブナマンダブとお題目が口をついてでてくる。よき筆よき紙がないから『断腸亭日乗』の執筆中止なんて寂しいったらない。ちなみに、雁皮紙とは薄い上質の和紙のこと。

が、幸いなことはこの翌日の十一月一日には……。

「……三十年来書き馴れし雁皮紙帳面十月かぎりの記事にて尽きたれば、過日人に恵まれしこの半紙を綴ぢて見たれど糊つよくして運筆自由ならず、毎夜就寝前その日〳〵の事を識す戯れも今は楽しからず、日記はこのまゝ中止せんかとも思ひしがそれも何やら残り惜しく、命のあらんがかぎりまたもやよしなき事を書きつくることゝはなしぬ、」

善哉善哉、荷風さんから『日乗』をとったら、荷風でなくなってしまう。よしなし事が書きつがれることが肝腎なのである。「今は楽しからず」といってはいるけれども、敗戦後数年間のそれは、戦中戦前の日記とくらべて、格別の遜色があるわけではない。ガンバレ荷風さん、と声援を心から送る。

と書いたあとで、襲いかかった難儀について最後に記しておく。十一月十八日、「昨夜木戸氏来り年内に大工を雇ひ家屋を修葺《しゅうしゅう》し、年内に料理店を開業したき故、行先見つかり次第立退かれたき由午霜子へ相談せしと云ふ、一家これが為に憂愁に沈めらる、……」

大家からの立ち退き勧告である。荷風の感慨も記されている。

「……余も亦前途暗然為すところを知らず、午後ロチが氷嶋の漁人をよむ、廊下の窓明きを見戸を開くに満月海上に在り、清光波に映ず、一大奇観なり、家なき余の身いつのころまで熱海に在るを得べきや、」

漂泊の身の哀れさは、三月十日の罹災後のわたくしもまた体験するところ。荷風ならずとも暗愁は骨髄に徹してくる。ピエール・ロチの小説も少しも面白くなかったの

ではないか。そして、十二月三十日、

「晴、木戸氏来り立退を強請す、」

この日の記事はこの一行。さあ、どうしたらいいか。

第二章

断然気に入った街・市川——昭和二十一年

●終の棲処の市川へ

家主から一日も早くと追い立てをくってはいるが、兎にも角にも昭和二十一年、六十八歳の元旦を熱海の仮寓《かぐう》で迎えることができた。その日の『日乗』は「晴れて風もなし、またとはなき好き元旦なるべし」と書き始められたけれども、以下には、哀れにして壮なる文字がずらりと並ぶ。世の噂によれば、国家敗亡にともない、会社の株の配当がなくなった上に、個人の資産にも二割以上の税金がかかるという。しかも周囲をとりまくのは飢餓と貧困とインフレの荒波ばかり。かくなる上は、と荷風さんは一応は勇み立つ。

「……余の生計は、会社の配当金にて安全なりしが今年よりは売文にて餬口の道を求めねばならぬやうになれるなり、」

さりとて、はたして七十歳近くになったいま、筆一本でこの荒波を乗り切っていけるものか。それも書きたいものを書くというのではなく、これからは食うために書かねばならぬとは！

「……六十前後に死せざりしは此上もなき不幸なりき、老朽餓死の行末思へば身の毛もよだつばかりなり、朝飯を節するため褥中《じよくちゆう》に書を読み、正午に近くなるを待ち階下の台所に行き葱《ねぎ》と人参《にんじん》とを煮、麦飯の粥《かゆ》をつくりて食ふ、飯後炭火なければ再び寐床に入り西洋紙に鉛筆もて売文の草稿をつくる、」

まことに不景気きわまる正月である。といって、死ねないかぎりは生きるの便を探すほかはない。やむなく筆をとるばかり。昔とった杵柄で小説作法は習熟している。が、さて、何をテーマに書いたらいいものやら……。

そんなこんなをしているうち、引っ越しの日が訪れてくる。杵屋五叟一家ともども熱海に別れを告げる。一月十六日、荷物を積んだトラックは先に出発。

「……余は五叟その次男及田中老人等と一時四十分熱海発臨時列車に乗る、乗客雑《ざつ》沓《とう》せず、夕方六時市川の駅に着す、日既に暮る、歩みて菅野二五八番地の借家に至る、……」

ところが待てど暮らせどトラックは来ない。実は途中で故障して動かなくなる。戦後日本の至るところで、自動車のエンコは日常茶飯であった。予定通り到着したら

「ほんとうに家の荷物かい？」と、かえって眉に唾をつけねばならなくなる。そういえば、エンコ（エンジン故障）という言葉もいまや死語と相なっている。お蔭で、荷風にとっては終《つい》の棲処《すみか》となる千葉県市川市での第一夜は惨憺たるものとなる。

「……夜具も米もなければ俄にこれを隣家の人に借り哀れなる一夜を明したり、」

●「オナカガペコペコデス」

あの時代を体験した人なら、国破れて、まず、飢えがあった、と言うに違いない。ふすま、さつま芋のつるやふすま入りのパンや芋がらの入った粥などが御馳走であった。ふすまとは小麦を粉にひいたときにできる皮の屑で、飼料や洗い粉に用いられるものである。とにかくそれらが人間さまの大事な食糧なのである。別著でも紹介したことがあるエッセイスト矢野目源一がつくるところの「パロディ百人一首」に、体験者は心からの同感のエールを贈ることであろう。

・買い出しのいくのの道の遠ければまだ粥も見ずうちの膳立て
・歎《なげ》けども月はや満ちて狸腹かぼちゃ顔なるわが涙かな
・配給よ絶えなば絶えねいつもいつもスケトウ鱈に弱りもぞする
・町中にうち出て見れば闇市の物の高値に目を廻しつつ

当時わたくしも負けずに「朝食ったままの空腹忍ぶれどあまりてなどか飯の恋しき」とものしてみたものであったが……。こうしてひもじさばかりが先に立つ歌ばかり。相聞歌も挽歌もなし、の感があるが、いまはつぎの歌がいちばんわが胸を衝く。

・敗戦の嵐のあとの花ならで散りゆくものは道義なりけり

矢野目氏の歌うように、戦後日本の道義は地に墜ちた。過去のいかなる作法もモラルをも無視して、ひたすらモノに執着したのである。『日乗』にも飢餓のあがきといっていい記載が残されている。

「二月初二、陰、午後より日輝きて稍《やや》あたゝかになりぬ、病院の帰途駅前に至り見るに雪後の泥路をいとはず露店の賑《にぎわい》平日の如し、甘藷《かんしょ》は禁止になりしとて売るものなし、菓子ぱん一枚一円五六片を購ひ京成電車道に沿へる静なる林下の砂道を歩みながら之を食ふ、家なき乞食になりしが如き心地して我ながら哀れなり、」

三月二日には、市川駅前の露店で汁粉を食べ帰宅すると、五叟の細君が、甘味に毒を用いたために汁粉を食べて死んじまった人のことが新聞に出ているよ、と教えてくれる。荷風さんは青くなる。

「……余覚えず戦慄す、惜しからぬ命もいざとなれば惜しくなるも可笑し、」

そして二日後の、三月四日には、

「陰、汁粉の毒に当りはせぬかと一昨日より心配しゐたりしが今に至るも別条なきが如し、但し数日前より面部の浮腫去らず、身体何となく疲労す、」とホッとした様を記している。なお、この有毒の甘味料とはニトロ化合物で、当時は原爆糖とよばれていた。

とくに四月二十八日の項がすさまじい。

「……配給の煙草ますく粗悪となり今は殆《ほとんど》喫するに堪えず、醤油には塩気乏しく味噌は悪臭を帯ぶ、これ亡国の兆《きざし》一歩〻〻顕著となりしを知らしむるものならずや、現代の日本人は戦敗を口実となし事に勤むるを好まず、改善進歩の何たるかを忘るゝに至れるなり、日本の社会は根柢より堕落腐敗しはじめしなり、今は既に救ふの道なければやがては比島人よりも猶一層下等なる人種となるなるべし、其原因は何ぞ、日本の文教は古今を通じて皆他国より借来りしものなるが為なるべし、支那の儒学も西洋の文化も日本人は唯その皮相を学びしに過ぎず、遂にこれを咀嚼《そしやく》すること能はざりしなり、……」

荷風さんにいくら叱責されようが、背に腹は代えられないのが当時の日本人の胃袋の情況であった。五月九日には「学生食糧デモ」が東京であった。小学生のもつプラカードには「ボクタチハワタシタチハオナカガペコペコデス」と書かれてあった。十二日には世田谷の「米よこせ国民大会」が気勢大いに上がって、この日はじめて「天皇の毎日の食事の献立を見せろ」と、赤旗が坂下門から皇居内に押し入った。さらに十九日が飯米獲得人民大会(食糧メーデー)が皇居前でひらかれ、二十五万の〝飢えたる胃袋のデモ〟が都内をうねり歩いた。「人民の総意をお汲みとりの上、最高権力者たる陛下において適切なご処置をお願いいたします」と上奏文が差し出される。林立するプラカードのなかで、「憲法よりメシだ」の文句が目をひいたが、何といっても、当時の田中精機労組の松島松太郎委員長の書いたプラカードの文句がピカ一であった。

「詔書　国体はゴジされたぞ／朕はタラフク／食ってるぞ／ナンジ人民／飢えて死ね／ギョメイギョジ」

組閣難航中の吉田茂首相は窮地に立った。ここに至っては、連合軍最高司令官マッカーサー元帥が乗り出さざるをえない。一大声明を発し、吉田を救うのである。

「暴民のデモを許さず」

二十二日づけの朝日新聞「天声人語」が国民を諭した。

「日本の民主革命は、あくまでも無血革命であり、建設革命でなければならぬ。万一にも米騒動的な暴民化するようなことがあれば、食糧輸入を絶望にし、明朗な進駐状態を、暗い悲しむべきものにするだろう。連合軍の日本占領目的を阻害するような事態を招いた時は、日本が国際的な禁治産者に転落する時である」

さらに二十四日には、天皇がふたたびマイクの前に立ち、「食糧危機の克服に国民の協力を」と強く訴える大騒動となったのである。

およそ政治的または社会的事件などには目もくれない『日乗』の記載に、珍しく時事的な文言が噂ばなし風に書かれている。

「五月廿六日、雨、一昨日亡国の天子ラヂオを通じて米穀缺乏の事につき人民に告るところありしと云、有難がる者笑ふもの憤るもの巷説紛〻たり、」

さて、荷風さん、有難がりもせず、笑いもせず、憤りもせず、であるに相違ないけれども、食うこととの問題ゆえにまったくの馬耳東風とはいかなかったようである。「われながら哀れなり」とでも思いつつ記したものでもあったであろうか。

●志賀直哉と桑原武夫と坂口安吾

いまさら残念がるのもおかしいが、政治や社会的なことばかりではなく、荷風さんは戦後の文学の動きや事件にたいしても完璧無類の縁なき衆生で押し通している。『日乗』を読んでいて、一言あってもいいのじゃないの、とボヤきたくなることがしばしばある。

二十一年四月号（一日発売）の「改造」に載った志賀直哉の「国語問題」を読む機会が、荷風さんにははたしてなかったのか。日本の将来を考えれば、文化の進展を阻害してきた国語問題の解決こそが緊要である。不完全で不便な日本語の解決なくして、将来の日本が本当の文化国になれる希望はないといっても誇張ではない、かといって、「今までの国語を残し、それを造り変へて完全なものにするといふ事には私は悲観的である」と、志賀は書いたうえで、こうはっきりと提言する。

「……私は此際、日本は思ひ切つて世界中で一番いい言語、一番美しい言語をとつて、その儘《まま》、国語に採用してはどうかと考へてゐる。それにはフランス語が最もいいのではないかと思ふ。……」

当時のわたくしはこれを読まされて声を失った。教科書なんかで名文中の名文として教えられた志賀の作品がいくつか想起され、これがその文豪のご意見なのかよ、と悲しくなった。敗戦ボケがここにもいるよ、と親しい友への手紙に感想を書いた覚えがある。

敗戦日本における、戦勝国への賛美と、日本への自虐的な断罪の風潮とは、いわば一枚のコインの表と裏といえる。伝統的な日本文化は〝封建的〟という名のもとに、つぎつぎに見直しを迫られた。

同年十一月号（一日発売）の「世界」に発表の桑原武夫の「第二芸術――現代俳句について」も、センセーショナルな衝撃を与えた。

「……他に職業を有する老人や病人が余技とし、消閑の具とするにふさわしい。しかし、かかる慰戯を現代人が心魂を打ちこむべき芸術と考えうるだろうか。小説や近代劇と同じように、これにも『芸術』という言葉を用いるのは言葉の乱用ではなかろうか」

これにも腰の蝶番《ちょうつがい》がはずれてへなへなとなった。芭蕉や蕪村や一茶が泉下でヤケ酒のどんちゃん騒ぎをしているのじゃないか、と俳句好きのクラスメイトが大嘆きに嘆くのに、慰めようもない想いを味わったものであった。

そのいずれにも『日乗』はかすかにもふれるところなし。冷ややか無残もいいところで、一言くらい、たとえば「悵然として涙を落しはべりぬ」といった存念のほどを聞かせてほしいのに、はかない望みにすぎぬことを思い知らされる。

ただ一つ、これも戦後日本を沸かせた「新潮」四月号の、坂口安吾「堕落論」にたいする荷風さんの感想らしきものを見つけた。まずは安吾の「堕落論」を。

「醜《しこ》の御楯《みたて》といでたつ我は。大君のへにこそ死なめかへりみはせじ。若者達は花と散つたが、同じ彼等が生き残つて闇屋となる。もゝとせの命ねがはじいつの日か御楯とゆかん君とちぎりて。けなげな心情で男を送つた女達も半年の月日のうちに夫君の位牌にぬかづくことも事務的になるばかりであらうし、やがて新たな面影を胸に宿すのも遠い日のことではない」

しかし、これは人間が変わったのではない。人間は元来そういうものなんだ、と安吾は言い切る。

「人間は生き、人間は堕ちる。そのこと以外の中に人間を救ふ便利な近道はない」

「堕ちる道を堕ちきることによつて、自分自身を発見し、救はなければならない。政治による救ひなどは上皮だけの愚にもつかない物である」

戦時下の異常な緊張感のうちにあった精神の純粋さのほうがフィクションそのもので、すべてマボロシなり。大義名分だの、不義はご法度だの、義理人情だの、あらゆるニセの着物を脱ぎ捨てて、好きなものを好きだと言いきれる赤裸々な心になろう。要するに、支配者側が強制したタテマエ論を棄てよ、ということであり、それこそが人間再建の第一歩だと、安吾は言った。まことに颯爽たる発言であったのである。

そのことについての荷風さんの感想はつぎのとおり。和田芳恵の「永井荷風」（『作家のうしろ姿』所載）に紹介されている。

「人間は考えているようには堕落できないものですよ。坂口という人は健康な考えの持ち主ですよ」

すなわち荷風は安吾を常識的な作家だと決めつけたのである。これには恐れ入りましたと申すほかはない。

●美しいものは美しいままに

残念ながら、これはリアル・タイムの考察ではないのであるが、「堕落論」をその後の昭和二十三年、高等学校の寮で初めて読んだときの印象というか、むしろ衝撃に近い想いについてやっぱり語っておくことが大切であろうか。

堕ちよ、人間は堕ちて初めて本物の人間になる、といった何やらハッタリめいた言葉よりも、当時のわたくしはむしろ安吾さんが説いているつぎのような言葉に感動した、という記憶が鮮明に残っている。すなわち天皇制についてである。

「天皇制は天皇によって生みだされたものではない。天皇は時に自ら陰謀を起したこともあるけれども、概して何もしてをらず、その陰謀は常に成功のためしがなく、島流しとなったり、山奥へ逃げたり、そして結局常に政治的理由によってその存立を認められてきた。社会的に忘れた時にすら政治的に担ぎだされてくるのであって、その存立の政治的理由はいはゞ政治家達の嗅覚によるもので、彼等は日本人の性癖を洞察し、その性癖の中に天皇制を発見してゐた。それは天皇家に限るものではない。代り得るものならば、孔子家でも釈迦家でもレーニン家でも構はなかつた。たゞ代り得なかつたゞけである」

生まれてこのかた、現人神としてただ最敬礼するのみであった天皇陛下。その存在がただ政治的都合によって表にでたり裏に潜んだり、力をもったり無力になったり、その事実の指摘には真実眼からウロコの落ちた感があった。いまになれば常識的で、何の変哲もない話であろうけれども、敗戦後の当時にあっては驚天動地の快（怪？）論であったことはたしかである。

「彼等は本能的な実質主義者であり、自分の一生が愉しければ良かつたし、そのくせ朝儀を盛大にして天皇を拝賀する奇妙な形式が大好きで、満足してゐた。天皇を拝むことが、自分自身の威厳を示し、又、自ら威厳を感じる手段でもあつたのである」

彼等とは、政治的権力者たち。あにいにしえの源平藤橘のみならず、軍国日本の軍閥どもとその取り巻きもまた然り。われら戦時下日本の民草はずいぶん馬鹿げたものを拝まされたもので、大小の主義者たちはその馬鹿げたことに自分の威厳と存在意義を感じていたであろう。そしてそれをあざ笑うわけにはいかない。われら民草も何かにつけて似たことをやっていたこともたしかであったのである。

しかしながら、と安吾さんはいう。

「天皇制自体は真理ではなく、又、自然でもないが、そこに至る歴史的な発見や洞察に於て軽々しく否定しがたい深刻な意味を含んでをり、たゞ表面的な真理や自然法則だけでは割り切れない。……美しいものを美しいまゝで終らせたいといふ小さな希ひを消し去るわけにも行かぬ。……」

高校の寮内でも、天皇の戦争責任論と、それにともなう退位論の声々がようやくかまびすしくなりつつあったときである。『堕落論』をめぐってわれら高校生どもは口角泡を飛ばしてやりあったものであった。いまになると恥じいるくらいにお互いが純粋であったなと、ただただ懐かしく想うだけである。荷風さんと関係のない余話であった。

●市川という町

昭和二十一年一月十六日、杵屋五叟一家ともども熱海から市川市菅野二五八（現・菅野三－一七）の新しい借家に移り住んだ荷風さんは、そこがまあ気に入ったようである。「近巷空地林園多くして静なり、時節柄借家としては好き方なるべし、省線《しょうせん》電車の停車場まで十五分ばかりなるべし、」と十八日の『日乗』に書いている。そして翌十九日には、早耳にして探求心横溢の荷風はさっそく散策に出かけている。ただし食料の調達のためである。

「……寒気甚《はなはだ》しからず、荷物を解き諸物を整理す、午後省線停車場前に露店多く出ると聞き、行きて見る。……」

露店とは市川駅前に早々とできた闇市のこと。京成線の菅野駅の北方の最初の借家からここまで、ゆっくり歩いても十五分はかからないと思うが、ともかく出かけてきてこのときは一応の見聞にとどまったようである。その後は食料品を調達のために、簡単な食事をするために、何かとお出ましになっている。

「一月廿一日、細雨霏《ひ》ゝ《ひ》、午に至つて霽《はれ》る、風暖にして春既に来るの思あり、駅前の露店にてわかさぎ佃煮を買ふ、一包弐拾円なり、……」

さらにつけ加えれば、あながち胃袋の事情ばかりではなかった。このころ荷風は全身がかゆくなる疥癬《かいせん》に悩まされていて、我慢もならず近所の医者の診断を仰ぐべく、これはもう嫌でも外出せねばならなくなる。医者には「かく全身に蔓衍《まんえん》しては最早《もは》や薬の能《よ》くすべきところならず」と冷たく突き放される。鬱々たる想いのまま、帰途、近隣をそれとなく逍遥する。一月二十二日の『日乗』にある。

「……病院を出で駅前の市場にて惣菜物蜜柑《みかん》等を購《あがな》ひ京成線路踏切を越え松林欝々たる小径を歩む、人家少く閑地多し、林間遥に一帯の丘陵を望む、通行の人なければ樹下の草に坐し鳥語をきゝつゝ独り蜜柑を食ふ、風静にして日の光暖なれば覚えず瞑想に沈みて時の移るを忘る、……居を移してより早くも一週日を経たれど駅前に至る道より外未知るところなし、されど門外松林深きあたり閑静頗《すこぶる》愛すべき処なり、世を逃れて隠住むには適せし地なるが如し、……」

「二月初二、陰、午後より日輝きて稍《やや》あたゝかになりぬ、病院の帰途駅前に至り見るに雪後の泥路をいとはず露店の賑平日の如し、甘藷は禁止になりしとて売るものなし、……」

こんな次第で、この後も病院の帰りにはきまって駅前の闇市を訪ね必要品を調達して、さらに散歩の範囲を少しずつ広げている。もう心細げなるところもなくなり、足の向くまま気の向くまま、このあたりの名所旧跡を手はじめに町のあちこちに足跡を万遍なく残すようになる。

「三月廿六日、晴、暖、午後漫歩、手児奈堂に賽す、……」

「四月十八日、晴、南風烈し、午後八幡の湯屋に行きしが休の札出したれば帰途垣根道の曲り行くに従ひ歩みを運ぶに、老松古榎欝然として林をなせる処、一宇の廃祠あり、草間の石柱を見て初めて白幡神社〔注・白幡天神〕なるを知る、」

「四月廿九日、晴れて風あり、午前江戸川堤を歩む、堤防の斜面にも麦植えられ菜の花猶さき残りたり、国府台新緑の眺望甚よし、路傍の蕎麦屋に代用食ふかし芋ありますとの貼紙あり、入りて憩ふ、一皿五円なり、……」

「五月初七、晴、午後八幡町混堂〔注・銭湯〕の帰途白幡天神の境内を歩む、新緑よし、……」

「五月初八、晴、……午後八幡の国道を歩む、南側に八幡知らずの藪あり、竹林の中に一片の石碑あれど石垣を囲らしたれば入りて見ること能はず、老榎欝蒼、道の半を蔽へり、北側に八幡神社〔注・葛飾八幡宮〕あり、……」

ここ市川の町はあちらこちらに生け垣の小道がつづき、人通りも少なく、道の両側に樹木が鬱蒼と繁り、いろいろな花々が咲く。荷風さんは戦争とは無縁なそんな当り前の景色を眺めることを心底から喜んだようである。昭和二十年三月十日いらい、マルス（戦さの神）に追いまくられ、心を休める時も場所もなく、死に損なった老作家は病み疲れきっている。いま苦難の流離の果てに、この地で精神の平穏が与えられた想いでもあったのであろう。

のちの昭和二十二年二月に書かれたエッセイ「葛飾土産」にも、「東京からさして遠くもない市川の町の附近に、むかしの向嶋を思出させるやうな好風景の残つてゐたのを知つたのは、全く思ひ掛けない仕合せであつた」と書き、またこの二十一年の三月二十九日付けの友人相磯凌霜あての手紙にも、荷風は「……市川の梅もそろ〳〵散り初め真間の桜並木程なく花さく事と存候此来駕《(ママ)》御待申候」と嬉しそうに記した上で、優しい句を三句添えている。

葛飾に越して間もなし梅の花

紅梅もまじりて竹と柳かな

桜にはまだ程もあり雨三日

まるで初歩的な句、と思えるところに、荷風の得た心の平穏がしみじみと窺えるではないか。そしてやがては五月十九日の『日乗』に、こんな風に書くまでに至るのである。

「晴、……午後門外を歩むに耕したる水田に鳥おどしの色紙片として風に翻るを見る、稲の種既に蒔かれしなるべし、時に白鷺一二羽貯水池の蘆間より空高く飛去れり。余の水田に白鷺を見、水流に翡翠《かわせみ》の飛ぶを見たりしは逗子の別墅《べつしょ》に在りし時、また早朝吉原田圃を歩みし比の事にして、共にこれ五十年に近きむかしなり、今年齢七十に垂《なんな》んとして偶然白鷺のとぶを見て年少のむかしを憶ふ、市川の寓居遂に忘るべからざるものあり、」

戦災をまぬがれ昔のままに残ったこの地が、こよなく気に入ったことがみてとれる。荷風さんは昭和二十三年初めまで、市川近郊の外へは一歩も出ようとはしなかったのである。

●新雑誌創刊と「荷風ブーム」

敗戦の年の十一月創刊の「新生」などの例もあるが、それにしても、昭和二十一年一月は戦後雑誌ジャーナリズムにおいて特筆される年である。GHQがその再建を直接に情報局に命じたという「中央公論」「改造」の復刊をはじめ、八十種類に及ぶ諸雑誌が一斉に創（復）刊された。それらの多くは、前年九月末に「新聞及び言論の自由への追加措置覚書」がGHQより日本政府に通達されたときから、蒼惶《そうこう》の間に刊行準備が成されたもので、代表的総合雑誌の「世界」「人間」「展望」「潮流」などなどである。またこれらと同期生の「りべらる」ものちに性風俗雑誌の雄となったが、出発時は堂々たる文化雑誌であったのである。

さらに二月には「世界評論」「世界文化」、三月には旧体制にたいする攻撃と暴露に徹した「真相」、それから「朝日評論」「民主主義科学」「スタイル」とつづき、四月は「宝石」、五月は「VAN」「思想の科学」が発刊という具合である。まこと文運大いに華ひらく。が、そこには戦争中とは異なる別の障害も生じていたらしい。戦争中の統制団体の日本出版会は解散し、社団法人日本出版協会にさっさと衣替えする。この団体がいぜんとして、出版用紙の配給、何社には何程の用紙を与えるべきかの割当権利を、一手に掌握していた。当時の紙は統制物資で、協会を経ないかぎり一枚といえども入手できなかった。出せば売れるいい時代であったのに、ままならぬところが多分にあったというのである。

ついでにいえば、敗戦直前から休刊していた「文藝春秋」は、二十年の十月に早々と復刊第一号を出したが、二十一年春には紙の割当がままならず、闇の紙をふうふういいながら買い込んで、二・三月合併号をやっと発行する情況。そこに日本出版協会の狂気のような戦犯出版社追放の内ゲバ騒ぎもあり、嫌気がさした社長菊池寛が会社を放り出し、三月十一日に廃社届けを協会に提出する。当然のことながら文藝春秋社買収の動きが各方面で活発化。とくに新雑誌「新生」の成功で意気軒昂たる新生社の青山虎之助社長はありとあらゆる手をつくし、残留社員全員をふくめて文藝春秋社の丸々の譲渡を申し込んだという。しかもこの二つの会社は同じビルのなかにあった。灯のすっかり消えた文藝春秋社と違って、一階上の新生社は電灯が煌々《こうこう》と深夜まで輝き、異様な熱気に包まれていたという。

さて主題は、こんな戦後の雑誌情況下における荷風さんの活躍についてである。手っ取り早く一覧表にしてみたい。

・「踊子」＝「展望」昭和二十一年一月号
（昭和十九年二月十一日脱稿）
・「勲章」＝「新生」昭和二十一年一月号
（昭和十七年十二月六日脱稿）
・「浮沈」＝「中央公論」昭和二十一年一月号～六月号
（昭和十七年三月十九日脱稿）
・「冬日の窓」＝「新生」昭和二十一年二月号
（昭和二十年十二月十日脱稿）
・「為永春水」＝「人間」昭和二十一年二月号
（昭和十六年八月脱稿）
・「罹災日録」＝「新生」昭和二十一年三月号～六月号
（『日乗』をみずから抜粋編集した）
・「問はずがたり」＝「展望」昭和二十一年七月号

〔昭和十九年十月二十六日脱稿〕
〔続篇は昭和二十年十一月十三日に改訂・脱稿〕

さらに九月には、筑摩書房より単行本『来訪者』、中央公論社より単行本『ひかげの花』が出版されている。いやはや、荷風さんはものの見事に雑誌創刊ブームに乗って文名を高め、というよりも、創刊ブームを起こすために大きな役割を果たし、ご自身の文運も後に「荷風ブーム到来」と評されるほど、いよいよ隆昌そのものにならしめている。

詩人の中井英夫は当時の『日記』に書いている。

「現代の作家の中で、作家精神の点はもとより、感性や常識からいつて一位に推さるべきは永井荷風であらう。敗戦後凡ゆる雑誌に荷風大人の名が見えるのはそのせひ、かどうだか、少なくとも封建性に対する彼が若き日の反感は、今日最も買はれて然るべきだ。私が祖国愛とは祖国の芸術に対する愛のみが本当だと考へるやうになつたのも氏が一篇の影響である。（略）」（二月九日）

若き日の山田風太郎も『日記』で褒め讃える。

「松葉より〈展望〉創刊号を借る。荷風『踊子』。こういう風な小説を暫く読まなかったのでガツガツして読む。こういう小説が読めるなら戦争に負けたって惜しくはな

いとさえ思う。(?・)――その蒼枯、その艶麗、哀愁を含める小説といわんより詩に近き芸術愈々《いよいよ》至境に入れり」(二月四日)

この絶賛にたいして、もうひとり、詩人の岡本潤は前年十二月十九日に銀座で「展望」の創刊号を買い求め、翌日の『日記』にこんな皮肉な、同時に正直ともいえる感想を記している。

「電車の中で『展望』に載つてゐる永井荷風の小説『踊子』をよむ。春本の如し」

この「春本」云々については、いずれ後にふれることにして、エッセイ「冬日の窓」を除くこれらの作品は、脱稿の年月日でわかるように、戦時下における孤独な毎日を送り迎えするなかで、シコシコと書かれた創作なのである。中村光夫『憂しと見し世』によれば、「三月九日の大空襲のちょうど前の日に古田(晁)が偏奇館を訪ねて、永井荷風から『来訪者』『踊子』などの草稿を貰って来ました」とある。「浮沈」「勲章」「問はずがたり」は敗戦前日に谷崎潤一郎に無理にも預かってもらったことは前に書いた。これらが一挙に出た。つまり、荷風ブームとは、戦時中における老作家の抵抗(?)の姿勢にたいする読者の喝采に発している。

緑の多い市川の風光で、ひたすら死を欲した荷風さんのくたびれ果てていた精神は、この年の初春から晩春へ、おもむろに慰藉《いしゃ》されていった。作家であるよりも、まず世を隠れ住む一市井人としての落着いた日常をとり戻した、ともいえるかもしれない。やっとその荷風さんのうちにも鬱勃として作家精神が頭をもたげはじめるのである。やっと小説を書いてみようかというその気になる。『日乗』にはこうある。

「五月初五日日曜夜半雨、小説起稿、」

さて、この面白い一行の結末はどうなったか。

●金融封鎖に仰天する

前項でふれたように、荷風さんが戦後はじめて小説を書き上げてみようと筆をとったのは、昭和二十一年五月五日である。十五日には「……毎日執筆倦まず、午後雨小止みしたれば門外松下の小径を歩み行くに、梅多く植ゑたる庭の垣際に菖蒲《しょうぶ》しげりて花多く咲きたり、……」とご機嫌よろしく書いている。構想どおりに順調に進んでいたのであろう。

なぜ突然に野たれ死にの覚悟を少しく変じたのか。それは政府が高騰する闇値とインフレ進展を阻止するために、一連の金融緊急措置を実施したためと考える。その非常の政策とは、簡単にいえば、金融機関にある個人・法人の預金、貯金を全部〝封鎖〟する、つまり預貯金の引き出しの禁止である。旧円はすべて預け入れて、生活資金として、封鎖預金のなかから新円で現金として毎月引き出せるのは所帯主が三百円（四月から百円）、家族はひとりにつき百円だけ。この凄まじい政策の実施が二月十六日のことである。

ただし、新円の印刷がとても間に合わないために、旧紙幣に「証紙」を貼付することを決めた法令が二月二十日に公布され、即日施行となる。とにかく間に合わせの慌ただしい政策実施であった。ときの国務大臣小林一三は日記に書いている。

「我日本再建の門出に於て願くば無事に、騒動なしに、運んで欲しい。神よ、此国に幸あれと、ただ、今日となっては祈る外に道はない」（十六日）

もう一つ、このときの新円引換えは十円以上で、五円以下は旧来どおりであった。このおかしな措置の煽《あお》りで、小銭をみんなが貯め込み、街にはわけのわからない騒動が巻き起こった。財布には十円以上の札をたっぷり収め、せっかく配給になった煙草を買いにいっても、四円二十銭がなければ売ってもらえない。小銭がなくては電車にも乗れない、夕刊も買えないと、日常生活が満足に営めなくなった。作家高見順の日記にある、「新聞で見ると、どうせ使えなくなる〔十円以上の〕旧円だというので、熱海でドンちゃん騒ぎをしている者があると出ている」（二月十八日）と。

とにかく驚天動地、寝耳に水、「空いているのは腹と米櫃、空いていないのは乗り物と住宅」という哀れこの上ない国民生活を根元から震撼した。知らされた国民はだれもが腰を抜かした。これほど由々しきことはない。

荷風さんもこれにはさすがに動転したものとみえる。これでは終戦前からの自分の手元にある現金と預貯金に加え、せっかくの荷風ブームでザクザクと入ってきた現金が、ほとんど自由に使えなくなる。およそ政府のやることなすことや、時勢の動きなどには眼もくれていない『日乗』には、頻繁に金融緊急措置にふれていろいろなことが記されている。その部分だけを引用する。

「新貨幣発行及び本日より銀行預金払戻停止等の布令出づ、突然の発布なれば人心騒然たり、」（二月十七日）

「銀行支払停止以来闇市の物貨また更に騰貴《とうき》す、剰銭なきを以て物貨の単位十円となれり、」（二月二十一日）

「旧紙幣通用本日限り、銀行郵便局前群集列をなすこと二三丁なり、駅前の露店雑貨を売るものばかり、飲食店は一軒もなし、肴屋八百屋も跡を断ちたり、」（三月二日）

「封鎖預金毎月三百円引出し得べき筈なりしに当月より金百円となる、政府に一定の方針なく朝令暮改の窮状笑ふべく憂ふべきなり、」（四月一日）

そのなかにはさまって相当に愉快な事実が見つけ出される。もともと政府のやることに信を置いていない荷風さんである。覚悟はしているが、預貯金の価値を空無にしてしまうかかる自分勝手な、愚劣な政策のために野たれ死にをしてたまるものか、とばかりに、

「二月二十六日、陰、銀行預金封鎖の為生活費の都合により中央公論社顧問嘱詫《〔ママ〕》となる、右に付同社より電報来る、……」

と早速にも生活維持の基盤をみつけている。いやいやあっぱれ逞ましき生活者ぶりである。しかも、受け取るべき印税や原稿料はすべて新円でと要求したらしい。その事実がきちんと書き込まれている。

「正午新生社主人来り、新紙幣二千円を恵まる、」（三月八日）

「扶桑書房主人来り、新円二千円および米国製食料品を贈らる、午後小瀧氏来り、中央公論社顧問給料金五百円を贈らる、」（三月二十日）（注・給料が新円であることは書くまでもない）

「鎌倉文庫より使の人単行本印税新円にて金五千円持参す、」（三月二十六日）

そしてずいぶんと後のことになるけれども、思わずニヤリと頬をゆるめざるをえない話が飛び出してくる。

「扶桑書房清水氏来り新生社振出し封鎖小切手を交附せらる、これにて新生社との関係を断つことに決す、」（十二月二日）

封鎖小切手では相手にならぬと、今後の取引を断ち切るとは、当時飛ぶ鳥も落とす勢いであった新生社の青山虎之助社長も、さぞや仰天したことであろう。荷風ならではの徹底ぶりである。

つまり、五月五日、ふたたび小説執筆の筆をとった背景には、こうした生活防衛の危機感と切迫感があったにちがいない。たしかに根拠のない宛て推量ではあるが、あながち野放図な即断ではないのではないか。

その直前の四月八日づけの酒泉空庵あての手紙がある。

「……小生罹災後諸処方々へ厄介になり唯今も此の家に間借致居甚気軽に日を送り居候然し恒産封鎖即親代々の財産御取上になり老後の行末甚だ心細く存居候」

ここにある「親代々の財産御取上」の言葉は、まさに荷風さんの税金感であり国家感である。お上が勝手に取り上げる、それが税金なのである。ここまで政府のやっているいることに信をもたない荷風が、自己防衛のためにはもう一度小説家になるほかはなかった。それが五月五日の「起稿」であったのである。

しかし、せっかくのその小説は……。

「八月初三、晴又陰、午前隣室のラヂオ既に騒然たり、頭痛堪難ければ出で丶小川〔丈夫、もとオペラ館文芸部員〕氏を訪ふ、午後小川氏来り話す、夕飯後机に向ふに家内のラヂオ再び起る、鉛筆手帳を携へ諏訪神社の林下に至り石に腰かけて数行を草する中夜色忽《たちまち》迫り来り蚊も亦集り来る、国道を歩み帰宅後耳に綿をつめ夜具敷延べて伏しぬ、この有様にては五月以来執筆せし小説さち子の一篇も遂に脱稿の時なかるべし、悲しむべきなり、」

全集のどこにも、小説「さち子」はない。結局、戦後初の小説は書き上がらなかったとみえる。ま、残念至極と申すほかはない。

●ラジオと三味線を敵として

かくてつぎの話題は杵屋五叟家のラジオということになる。[*2] それに五叟の三味線が加わる。結果として、荷風と五叟との音曲をめぐる凄絶な確執が生じてしまう。ところで、五叟には昭和二十一年九月から二十三年四月に至る日記があり、五叟の死後に編まれた『五叟遺文』(非売品)に収録されている。これを『日乗』と並べて読んでみるとすこぶる面白く、いやはやといいたくなるような荷風さんが登場してくる。それゆえに、すでに多くの人によって書かれている話で、くり返しになるのをあらかじめお断りしておきたい。

その前に、永井永光氏（荷風の養子、五叟の次男）が「新潮45」に書いた当時の思い出の記を、ちょっと長く引用しておきたい。

「（荷風は）市川に移ってからは、ラジオと三味線の音に異様なほど嫌悪感をあらわした。長唄の師匠の家にみずから頼んで同居しているのだから、普通なら遠慮する。その家のいちばんいい部屋を仕事場にした荷風は、三味線の音が始まると嫌がらせをした。／火鉢の上端に一本の火箸をのせ、それをもう片方の火箸でカチカチとたたくのである。決して『うるさい』と言葉では言わない。金属音による抗議だ。……私はそんな荷風を、少しも偉い人とは感じなかった。変ったオジサンだな程度にしか思わなかった。荷風はよくタタミの上を下駄や靴をはいたままで歩いたし、便所に行かず雨戸から放尿した。そのために大島家の雨戸の溝にはいつも荷風の小便が流れた」

さて、『日乗』と『五叟遺文』との併読である。とくに興味深いところだけにとどめるが。

〔十月十六日〕

五叟――昨夜、先生茶の間に入り来り、電燈を笠も球も目茶苦茶に壊し、香衣〔五叟長女〕と永光に『こはれたものは仕方がない、おれがこはしたと云ふな』と云つたまま戸外に走り出せしと、両人笑ひながら顚末を語る。何が故に電燈を破壊せしや理由や情景想像も出来ず。

荷風――〈なんら記載なし〉

〔十月二十二日〕

荷風――雨、午後海神、夜十時過寝に就かむとするに隣室より絃歌の声起る、十一時になりても歇《や》む様子なし、已むことを得ず雨中暗夜の町を歩む、

五叟――成友《なりとも》〔五叟の長男〕に紅葉詣《もみじもうで》教授す。十一時頃爪弾の三味線の音、気に障りてか先生雨を犯して外出三十分ばかりにて帰宅せらる。一種のゼネストか。三味線弾の家にては三味線の音を忌避せらるるは無理なり。老いても尚我儘《なおわがまま》の盛なる、気の毒にもなれり。

〔十月二十六日〕

荷風――夜九時隣室のラヂオ轟然《ごうぜん》たり、ラヂオ本月初より同盟罷業にて放送なく精神大に安静なりしが今宵《こよい》再びこの禍あり、出でゝ小川氏を訪ふ、

五叟――鷺娘《さぎむすめ》をラヂオで聞く。先生戸を荒らげ出でらる。

〔十一月三日〕

荷風――晴、午後海神に行く、日暮扶桑主人来話、

五叟――八時頃帰宅。吉住小三郎の石橋《しやっきょう》放送ありしと。先生、放送始まるや靴のまゝ家の中を歩行し、〔座敷から台所へかけ〕戸外に出でられたりと永光語る。

〔十一月四日〕

荷風――夜九時家に帰るに絃歌騒然たり、再び出でゝ市川駅待合室に至り木村芥《かい》舟《しゅう》の菊《きく》總《そう》偶《ぐう》筆《ひつ》を読み、十一時頃絃歌の歇むころを計りてかへる、細雨歇まず、

五叟――先生八時頃帰宅、絃歌の音聞えし故か再び外出さる。

〔十二月四日〕

荷風――〈左の話、これ以前もふくめてまったく記載なし〉

五叟――美子〔五叟の飼猫〕いよ〳〵愛らしく家内中にて愛撫す。美子数日前より両髭を切らる。何人の所為か、心なき仕業なるべし。

〔十二月十七日〕

荷風――〈それらしい記載なし〉

五叟――朝の邦楽の時間ラヂオのスヰッチを入れる。先生の部屋よりたゞならぬ物音聞ゆ。八重〔五叟の妻〕覗き見るに火鉢の上に火箸をのせ、それを一本の火箸にて木魚をたゝくが如くたゝきラヂオの音を避けようとなせり。気の毒とも思へども児輩の如き心地して可笑し。

〔十二月二十一日〕

荷風——〈まったくその記載なし〉

五叟——夕餉《ゆうげ》の後、成友に翁《おきな》の稽古をなす。先生稽古の間中、火鉢をたゝき消音をなす。正気の沙汰に見えず。

いやはや、写しているのが何となく阿呆の極みみたいな気がしてきて、ひどく草臥《くたび》れてしまった。まだあるけれども、以下は略としたい。

居候の身も忘れ、「正気の沙汰に見えず」と思われているのも承知で、この必死の抵抗ぶりは悲壮というほかはないようである。「荷風日記の面白さは自分を悲劇的な人物に作り上げたり、世に容れられない不遇で孤独な詩人に仕立てたりしているところにある」という河盛好蔵氏の評言に同感したくなる。火箸をカチカチ叩いたり、五叟の愛猫の髭を切ってひそかな復讐を企てたりすることなんか、『日乗』にはオクビにもない。

●海神にて原稿執筆

右に挙げた『日乗』に「海神」と出てくる場所、これは荷風の悲鳴をしばしば聞かされた親友の相磯凌霜が、せっかく創作意欲が湧いているならばと、とくに別宅を仕事場として提供したところなのである。じつは九月二十六日の『日乗』に「午後凌霜子来話、共に海神町の別墅《べっしょ》に至る、海神町は東葛飾郡に在り、船橋に近し、」として初めてでてくる。京成電車で、市川真間から千葉寄りに数駅先にある。そして十月三日を皮切りに、荷風さんは小説執筆のためいそいそと雨の日も風の日もそこに通いだしている。

「十月初三、陰晴定まらず、南風烈し、午後海神凌霜子別宅にて執筆、近巷氏神の祭礼なり、」

そして昭和二十二年五月、扶桑書房から刊行した単行本『勲章』に載せられた「噂ばなし」「靴」「或夜」「羊羹《ようかん》」「腕時計」などは、二十一年の十月から十二月にかけて、この海神の仕事場で書き上げられたものと『日乗』から推察することができる。たとえば、「快晴、短篇小説靴脱稿」（十月十九日）、「午後海神にて小篇或夜脱稿」（十一月十日）、「午後海神にて小篇羊羹脱稿」（十一月二十一日）といった風に。

こうしてラジオと三味線を敵としてファイトを燃やしているうちにぐんぐんと創作意欲が湧出してきたものとみえる。まこと、禍福はあざなえる縄の如しとはよくいったものである。

と、慶賀しておいて、余計な気の回しということになるであろうが、この海神の相磯氏の別邸なるものは、どう考えても「妾宅」であったと思えてならないのである。そう断じて『日乗』を眺めていると、妙な気がしてくる。とにかく荷風さんは「午後海神」とやたらに赴きすぎる。しかも主人の相磯氏が居ないときにも平気で出かけている。訪れたときにたまたま主人がいると、きちんとその旨を記載している。

「十一月廿二日、晴、午後海神の途上雨に逢ふ、凌霜庵に至るに主人来りて在り、款話半日、晩食を饗せらる。夜九時過辞してかへる、雨歇む、」

といった具合である。ところが、当のお妾さんらしい人の姿かたちはまったく出てこないのである。ただの一カ所、ぽつんと登場するのみで、目を皿にして読まないとそれとてもついつい通り過ぎてしまう。すなわち、十二月廿二日のところ。

「陰。晡下海神町凌霜庵に至る、主人在り、冬至の佳節なればとて家人柚湯をたく、晩食を饗せらる、……」

他人の持ちものには手をつけない、という主義を堅持しているとはとうてい思えないのに、とにかく「家人」の一字のみ。あれほど女性には目がない御仁なのに、この女人、容貌姿勢がいかなる方なるや、ひと刷毛の描写もないから、皆目見当もつかない。初めて訪れてより、約三カ月間に、『日乗』で数えてみたら、五十三回の「午後海神」であるのに、何事もなかったのであろうか。どうも下司の勘繰りで恐縮の至り

であるが、

「十二月初六。……京成電車にて海神に戻り凌霜庵にて執筆例の如し、帰途名月皎々たり、」

なんて記載をみると、さては爺さん、この夜、佳きことのありしやな、と思ったりしてしまう。

ともあれ、こうして昭和二十一年は暮れていった。

＊2　前著『永井荷風の昭和』（文春文庫）でもふれたが、荷風さんのラジオ嫌いはもう骨髄に徹している。そのことはつまり音にたいして人並み以上に鋭い聴覚を荷風さんがもっていたということであろう。耳がものすごく敏感なのである。そういえば、荷風の作品には、いたるところでこの耳の感覚のよさが流麗な文章をいっそう情緒的に魅力的にしている。たとえば『濹東綺譚』〔九〕の終わりに近いところを長く引いてみる。
「物に追はれるやうな此心持は、折から急に吹出した風が表通から路地に流れ込み、あち等こち等へ突当つた末、小さな窓から家の内まで入つて来て、鈴のついた納簾の紐をゆする。其音につれて一しほ深くなつたやうに思はれた。其音は風鈴売が櫺子《れんじ》窓の外を

通る時ともちがつて、此別天地より外には決して聞かれないものであらう。夏の末から秋になつても、打続く毎夜のあつさに今まで全く気のつかなかつただけ、その響は秋の夜もいよ〳〵まつたくの夜長らしく深《ふ》けそめて来た事を、しみ〴〵と思ひ知らせるのである。気のせいか通る人の跫音も静に冴え、そこ等の窓でくしやみをする女の声も聞える」

　ほかにもちょっとその気になってみれば、いくらでも見つかる。

　荷風さんの自然描写の冴えはだれもが褒めるところである。それ以上に、かすかな風のそよぎや雨のしたたり、小川のせせらぎや小鳥のさえずり、箒に掃かれる木の葉の蔌々《そくそく》たる音や人の話声をとらえて、物語を繊細にして優雅な雰囲気に包みこんでいる。

　そうした耳のよさをもつ人には、文明の先端を誇るキンキンした機械音には耐えられなかったことであろうと、ここは同情的にみるのが正しい。爺さんはどうみても変人であるなどと思わないことである。

第三章

何事にも馬耳東風なり——昭和二十二年

●「一歩退却、二歩前進」

『日乗』に記載はないが、昭和二十一年末から二十二年初めにかけて、占領下の日本《オキュパイド・ジャパン》の世相を語るいろいろなことが多々起こった。

二十一年十一月一日発売の雑誌「世界」の桑原武夫「第二芸術」論が大きな衝撃を与えた。同三日、日本国憲法が公布される。同十二日、星条旗紙の主催で、ソロバン対電気計算器の試合がアーニー・パイル劇場で行われ、2対1でソロバンの勝ち。同十六日、内閣告示で当用漢字一八五〇字が発表された。同二十二日、配給米が成人一日二合五勺に増配の開始。同三十日、ララ物資が横浜に陸揚げ。十二月二日、内務省、特殊飲食店（赤線）を指定。十二月三日、ジョン・フォード監督「荒野の決闘」の日本初公開。

このなかで当用漢字についてちょっと書いておきたい。同時に決まった「現代かなづかい」ともども、その不統一もあり、いっとき大いに頭を悩ました。これで試験が楽になると怠け中学生がほくそ笑んだがそも間違いであった。「拷」「隷」なんて字画の多いのが残ったのは「新憲法のなかにこれが入ってしまっている」ゆえと聞かされて唖然となった。かわりに「皿」や「鍋」や「釜」が枕を並べて討ち死に、当たり前だよ、空襲で焼けてそんなものありゃしないじゃないか、と悪い冗談がはやった。女性に関連の深い「奸」「姦」「妖」「嫉」がみんな消えたのは、男女同権の世なるぞを痛感させられたし、「妾」がすっ飛んだので、ああ将来の夢も希望も失われたと、天を仰いで慨嘆しているヤツもいた。念のために書いておくが、漢字制限の措置はGHQの指令にもとづいたものではない。

つづいて二十二年。一月八日、東京地裁が雑誌「猟奇」をエロ雑誌として起訴した。同十五日、新宿の帝都座で、当時二十歳の甲斐美和嬢の日本初のヌード・ショー開幕。動くと風俗紊乱で取締りの対象となるので大きな額縁の真ん中で静止したままであった。同二十一日、長く論議されていた隣組の廃止がやっと決定。同月同日、双葉山が大暴れで抵抗をしたが、結局、教祖璽光尊こと長岡良子は石川県警察に検束された。同三十一日、マッカーサーが、翌二月一日に予定されていた全官公庁のゼネスト中止を指令した。

このGHQ命令のことがありありと思い出せる。いよいよゼネスト突入、成功の暁には共産党・社会党を中核の人民内閣が——そんな構想を本気で口にする大人が何人もいた。わが中学生のなかにも、それを頭から信じた気の早い連中がかなりいた。左翼熱、革命熱がそのくらいまわりに強かったのである。へエー、と感服しながらも、アメ公が黙ってみていてくれるのかな、と回らぬ知恵で考えたことであった。

夜九時の放送で全官公庁共闘議長の伊井弥四郎が涙とともに訴えた。

「……最後に私は、声を大にして日本の労働者、農民のバンザイを叫びたいと思います。一歩退却、二歩前進。労働者、農民、バンザイ。われわれは団結しなければならない」

この「一歩退却、二歩前進」の名言を残したゼネストについては、さすがに荷風さんも外出や通信に影響するところがあってか、珍しく『日乗』一月二十三日に記載がある。関連部分だけを引く。

「街上の郵書函に二月一日より同盟罷業となるが故《ゆえ》五日程前に投函すべき由貼紙あり」

そして肝腎の一月三十一日には、荷風さんらしい感懐もある。

「暁明下痢三四回。晴れて暖なれば朝九時過吉田病院に至り薬を求めてかへる。本年は元日早〻腹痛下痢に苦しみたり。わが身に取りて吉き年にては非らさるが如し。さりとて浅草の御堂《みどう》も焼けてなければ御籤《おみくじ》引きて吉凶を占ふべき処もなし。明日の全国同盟罷業は夜半に至り〔以下十三字抹消、以下行間補〕米軍司令部の禁止する処となりしと云。」

実は、年初早々から、下痢ばかりでなく、安眠できないほどに震え上がった珍なる事件が、荷風の身の回りに起こっていたのである。

● 「四畳半襖の下張」騒動

まずは杵屋五叟の日記、二十二年一月十三日の項を長く引く。

「……先生余に内談ありと云ふ。稽古の途中離れに行く。先生株券を取出し手帳に控へを付けてゐらる。先生余に向ひ声をひそめて曰く、扶桑の主人中野辺の古本屋にて先生曾て戯れに作られし襖《ふすま》の下張り、秘密出版の噂を聞くといふ。必ず荷風の名を現はせし物なるべく、その結果は著者は警察へ留置される事ともなり、向後自分の出版もその筋より忌諱され、やがては生活上にもさし響く事ともならんといたく心痛なり。余はさやうの事大した心配あるまじくと慰めおきしも例の先生の癖にて熱海より当地は鬼門に当りぬれば、いよ〳〵その結果ぞかしと云ふ。……」

前項の浅草観音さまのおみくじといい、「鬼門」といい、荷風が大そうなカツギ屋の一面があらわにでていて、いとおかし。

この珍妙な話とは、『日乗』によるとこうである。

「……夜扶桑書房主人来り猪場毅余か往年戯に作りし春本襖の下張を印刷しつゝある由を告ぐ。此事《このこと》若《も》し露見せば筆禍忽《たちまち》吾身に到るや知る可からず。憂ふべきなり。」

と一月十二日にはあって、五叟との内密の話し合いの翌十三日は……。

「昨夜憂慮眠るを得ず身心共に疲労す。夜電燈消え雨声瀟〻《しょうしょう》。何事をもなす能《あた》はず。早く寝に就く。」

これが全文で、五叟の五の字もない。この辺が気の小さいくせに弱みは一切示そうとしない荷風らしいところ。でも、心配で心配で、さぞや寝床の上で輾転反側したのであろうことは察せられる。*3

猪場毅という知り合いの人物が、アングラ出版しようとしている問題の書物は、ご存じ『四畳半襖の下張』である。五叟日記にも、『日乗』にも、その昔に「戯れに作」った由が記されているが、この作品の成立時期ははっきりしていない。でも、もう荷風作と断じてもよかろうものを、猥褻裁判で有罪になったためか、いまだ『荷風全集』に収録されたためしがない。残念な話である。

ところで、戦後の法改正もあり、たとえ事実上の作者であろうと、出版や販売に関係なければ、作者であるということだけでは処罰されることはない。作家としてデビューした直後から、発禁発禁で当局の取締りをしばしば受け、被害妄想的になっている荷風としては、法の改正なんか想像もしないから、処罰を心から恐れたのは当然といえる。それで市川警察署に顔の利く人と連れ立ち、先手を打って司法部長に面会し、出版を未然に止めてくれるように頼み込んだり、あるいはまた、その出版元が高円寺の雉子書房であると聞き込んだ旨を、出頭して直訴したり、降りかかる火の粉を払うために、奮闘努力の限りをつくしている。荷風さん、そしてドッと疲れ果てた。

「一月二十日。晴又陰。身心疲労愈《いよいよ》甚し。読書執筆全く廃す。」

「一月廿二日。晴。寒風凜冽《りんれつ》。日の光のみ徒《いたずら》に明し。家に在るも炭火に乏しく孤坐読書に堪えざれば町に出で日当りよき片側を歩む。今の世に生きんとするには寒気をおそれず重き物を背負ふ体力あらば足るなり。つくづく学問道徳の無用なるを知る。……」

こんな、心配事で体力気力を喪失し、これから先は日陰を歩かなければならないと覚悟をきめたような、老骨のくだくだしい弁を読まされると、やっぱり同情を禁じえない。今年は春から縁起が悪いわい、とひたすら嘆いた気持ちが身に滲みてわかる。爺さん、しっかりしろよと後ろから背中を押してやりたくなる。でも、いつまでも寒風ばかりが吹きつのっているわけがないのである。

「一月廿四日。朝まだきより雪。午後に歇《や》む。燈刻扶桑氏来り猪場秘密出版の事余の身には禍なかるべき由を告ぐ。初て安眠するを得たり。」

善哉善哉。しばらくその安眠を邪魔しないことにしよう。

●「米人の作りし日本新憲法」

荷風さんの眠っている間の洗濯というわけではなく、二十二年の日本いちばんの出来事の、前年十一月三日に公布された新憲法の話を。いよいよこの年の五月三日に施行された。戦後日本は新生の第一歩をふみだしたことになる。

そしてこの前日に、あまり知られていない面白いことがあった。マッカーサーが日本政府に手紙を寄越して、明三日以後、国会、最高裁判所、首相官邸および皇居に国旗をかかげることを無制限に許可する、といってきたという。それまで日の丸を掲げてよいかどうか、ＧＨＱにたずねてから決めることになっていたのである。ちなみに、無制限に日本領土内で日の丸を掲げてよいと拡大されたのは、昭和二十四年一月一日からなのである。

さて、新憲法である。その前文にいう。

「日本国民は、恒久の平和を念願し、人間相互の関係を支配する崇高な理想を深く自覚するのであつて、平和を愛する諸国民の公正と信義に信頼して、われらの安全と生存を保持しようと決意した。」

どう考えてもこなれていない翻訳調であり、すらすらと頭に入らない悪文ならんか。これがつねに憲法論議のさいに目の仇にされる。しかし、日本の法律の文章は多少なりとも翻訳調にきまっている、という人もいる。たとえば、「道路交通法」第二十六条の二。

「車両は、進路を変更した場合にその変更した後の進路と同一の進路を後方から進行してくる車両等の速度又は方向を急に変更させることとなるおそれがあるときは、進路を変更してはならない」

いかがなものか。主語と述語の間の距離の大きさ、長い連体修飾句といい、憲法の条文とよく似ていると思われないか、とその人（名は失念）はいう。

それはともかく、二十一年三月六日の憲法草案の提出をうけて、枢密院、貴族院、衆議院でさんざんに議論されたことが、その内容どころかその事実のあったことすら近ごろは意外に忘れられている。担当国務相の金森徳次郎なんか、その答弁回数がなんと一三六五回に及んだというから、いかに審議がつくされたかがわかる。八月二十四日に衆議院で採択。投票総数四百二十九票のうち反対八票。反対した共産党の理由の一つに第九条があった。軍備なしでは「民族の独立を危うくする」ゆえというのである。いやはや、世は逆さまになりにけるかな、である。

この第九条の偉大にして崇高なる意義について、首相吉田茂の本会議場でのつぎのような答弁を読むと、まさに今昔の感ありという妙な心持ちになる。自衛のための交戦権、侵略を目的の交戦権と二つに分ける考え方は有害である、として、吉田は説くのである。

「我々の考えて居るところは、国際平和団体を樹立することにあるので、国際平和団体が樹立せられた暁に於て、もし侵略を目的とする戦争を起こす国ありとすれば、これは国際平和団体に対する冒犯であり、謀叛であり、反逆であり、国際平和団体に属するすべての国がこの反逆者に対して矛を向くべきであるということを考えてみれば、交戦権が二種ありと区別することそれ自身が無益である。侵略戦争を絶無にすることによって、自衛権による交戦権というものが自然消滅すべきものである。故に交戦権に二種ありとするこの区別自身が無益である。こう言った積りであるのであります」

こうした大理想がすんなり受け入れられたのも、新憲法にこめられた平和への希求を、戦争に生き残った当時の日本人のほとんどが抱いていたからであろう。何百万もの犠牲者の死を空しくしないためにも、いかなる戦争をもしないことを本気で日本人は誓ったのである。

新憲法施行の二十二年五月三日の『日乗』が愉快である。

まずは、荷風さんが生前にみずから手を入れて発表したものをご紹介する。それは昭和三十一年春に『葛飾こよみ　荷風戦後日暦』と題して新聞紙上に連載されたもの。

「五月三日。雨。日本新憲法今日より実施の由なり」

これで全文である。ところが死後の岩波全集本は違ってくる。

「五月初三。雨。米人の作りし日本新憲法今日より実施の由。笑ふ可し」

いうまでもなく、当時の日本人は皆、成立の内情を承知していた。戦後の諸改革は「米人の作りし」ものならざるはなし。だれも不思議と思わなかった。それを九年もたって初公表のとき、荷風はなぜ「米人の作りし」と「笑ふ可し」とを削ったのか。これは面白いが、簡単明瞭には答えのでない問題である。新聞社の立場を考えたゆえとか、うるさい人々の存在を意識してとか、それなりに新憲法の有難さを感じていたからとか、さまざまな論がある。

ここはあっさりと、独往独歩が信条の荷風が、金科玉条とし崇め奉っている民主主義と平和主義とをいまだ確立していない日本人にたいして、くすりと笑ったことを、あからさまにすることを抑えたまでのこと。精神の自立こそ大事といいたいが、ま、余計な発言で波風を立てることもあるまいと、やさしく思ったからにちがいない。

それに荷風さんは前にも書いたが、なかなかの愛国者のところがある。原本『日乗』の第二十九巻（昭和二十年）の扉の表記は「西暦一千九百四十五年」という風に、昭和十六年八月以降はずっと西暦を使っていた。戦争へ突っ走る大日本帝国に愛想づかしをしたのであろう。ところが、第三十巻（昭和二十一年）になると「昭和廿一年丙戌歳」と、突如、元号に改められた。日本人のおおかたが口を揃えて母国の過去を悪しざまに罵るようになり、万事がアメリカ一辺倒になったとき、荷風さんの心はかえって日本に向いたのである。まさか、右翼になったからだ、なんて思う人はいないであろうな。

●半醒半酔の風流人

小西茂也邸へ移り住んで三週間ほど、荷風もさすがにいくらかは鬱屈するものを感じていたことであろう。気晴らしもかねて、友人の相磯凌霜とともに京成電車の葛飾駅付近の村道を歩いていたとき、路傍に思いもかけない古碑を発見する。『日乗』昭和二十二年一月二十六日に、その劇的な遭遇のことがことこまかに記されている。

しかし、ここには『日乗』ではなくて、その年の十二月に荷風が書いた「葛飾土産」(昭和二十五年一月「中央公論　文芸特集」に発表)のほうを少しく長く引く。ここでもう一度、いっそう丁寧にそのときの奇遇について書いている。

「今年の春、田家《でんか》にさく梅花を探りに歩いてゐた時である。わたくしは古木と古碑との様子の何やらいはれがあるらしく、尋常の一里塚ではないやうな気がしたので、立寄つて見ると、正面に「葛羅之井」。側面に「文化九年壬申三月建、本郷村中世話人惣四郎」と勒されてゐた。そしてその文字は楷書であるが何となく大田南畝の筆らしく思はれたので、傍の溜り水にハンケチを濡し、石の面に選挙候補者の広告や何かの幾枚となく貼つてあるのを洗ひ落して見ると、案の定、蜀山人の筆で葛羅の井戸のいはれがしるされてゐた。

(中略)下総の国栗原郡勝鹿といふところに瓊杵神といふ神が祀《まつ》られ、その土地から甘酒のやうな泉が湧き、いかなる旱天にも涸れたことがないといふのである。石を囲《めぐら》した一坪ほどの水溜りは碑文に言ふ醴泉の湧き出た井の名残であらう。然し今見れば散りつもる落葉の朽ち腐された汚水の溜りに過ぎない。

碑の立てられた文化九年には南畝は既に六十四歳になつてゐた。江戸から遠くこゝに来つて親しく井の水を掬んだか否か。文献の徴すべきものがあれば好事家の幸である。

わたくしは戦後人心の赴くところを観るにつけ、たま〳〵田舎の路傍に残された断碑を見て、その行末を思ひ、こゝにこれを識した。時維《これ》昭和廿二年歳次丁亥臘月の某日である。」

この荷風さんの「その行末を思」った警告的エッセイのお蔭で、この古碑はいま、民家の一隅に、しっかりと保存されているという。

ここで余話を長々とさせてもらうことにする。

この蜀山人に荷風さんはぞっこんというほど傾倒していた。大正から戦中にかけて、再三にわたって旧居跡を訪ね、小石川原町の本念寺にある墓を掃除し、本を人から借りて狂歌や漢詩を筆写するなどと戦前の『日乗』にやたらにその名が登場する。それだけでなく、南畝がいかに上出来な人物かをめぐって、ふだんはやったことのない論争までを、正宗白鳥とやっている。

また、昭和三年四月六日には市川左団次と川尻清譚とともに、蜀山人の忌日ゆえの三人だけの法事さえ行っている。床の間に画像をかけて生鰹一尾、茄子胡瓜一籠をそなえ、料理は木の芽田楽、搔玉子の吸い物、幕の内のむすび、あなごの甘煮など。

「……奠菜に大なる鰹を供へたるは蜀山人が辞世の夷歌《えびすうた》に時鳥啼きつるかたみ初松《はつがつ》魚《お》春と夏との入相の鐘といへるによれるなるべし、……」

さすがに風流人を偲ぶための風流人の集まり、やることがまことにイキである。

なぜ蜀山人にそれほど肩をもつのか。自身であげた理由の一つに、南畝が一時住んでいた小石川金剛坂上は、自分の成育地であることをあげている。同じ町内の住人であることにえらく感激しているそんな荷風は、ま、嘘ではなかろうが可愛らしすぎる。

やっぱりここは『葷斎漫筆』（大正十四年）のつぎの一文がいい。

「南畝は儒学に造詣する所ありて、然る後狂歌稗史をつくるの奇才ありき。狂歌の才あり戯作の才ありて而も其声名に恋々たらず。古今の典故に通暁するも其博識を衒《てら》はず。烟花の巷に出入するも甚しく酒色に沈湎せず。襟度磊落にして其の為すところ往々人の意表に出るものありと雖、亦謙譲の徳を失はざりき。」

なんのことはない、南畝にこと寄せてそっくり荷風その人を語っている。「其声名に恋々たらず」「甚しく酒色に沈湎せず」……。南畝は酒を好み、おのれはそれほどでもなしの違いを除けば、半醒半酔の江戸の風流人の生き方を、荷風はそのまま頂戴している。それに天明文化の代表たるイキな御仁も、当時の幕閣の政治にたいする憤懣や痛罵をたえず吐露していた。権力とはねじれた関係をずっと保ち、時代からはっきり背を向けた。貴族趣味を通しつつも無頼をつらぬいた。荷風さんの南畝敬愛の根っこはそれならんと思えてならないのである。

「彼（南畝）は一生の間に三度ほど居を移したが、どこへいっても、千里を遠しとせずして北州（吉原）、山谷、向島の辺へ飲みにでかけた。羊羹色の黒紋付に、冷飯草履をはいて夜おそく千鳥足で帰って行く姿をよく見かけた」（矢田挿雲『江戸から東京へ』）

こんなところも荷風そっくりといえまいか。

向島がでてきたところで、さらに脱線して、さっそく南畝の向島にかんする作品がないかと探してみた。それもできるだけ荷風さん的なのがよいと、心掛けてみた結果、ぶつかったのが漢詩「墨水泛舟」、これがすこぶる気に入った。

一葉軽舟載妓行（一葉の軽舟　妓を載せて行く）
聞歌醸酒大江清（歌を聞き酒を醸し　大江清し）
縦有東山謝安石（たとえ東山の謝安石ありといえども）
更無人問奈蒼生（更に人の問うなし　蒼生をいかんせんと）

謝安石とは中国は晋の時代の人。隠遁し、会稽の東山というところで妓女と遊び暮らした。ある人がもう一度世にでることを期待して、「あなたが出なければ、まさに民衆（蒼生）はどうしたらいいかわからない」とそそのかした。その言葉に奮起した謝安石はふたたび中央に戻り官につき大いに働いたという。この『世説新語』にある故事をふまえて、しかしながら、蜀山人はあえてその逆を詠ったのである。隅田川に舟を浮かべ、芸妓といっしょのドンチャン騒ぎの真っ最中。かりに謝安石のような人物がここにいたとしても、だれひとり「蒼生をいかんせん」などと余計な問いかけをするものはいない。さらば、野暮はゴメンと、精一杯楽しまんかな。

と、自己流に訳してみたが、よくよく読むと、若干は蜀山人の心のうちに謝安石たらんとの思いもあった、という気がしないではない。下級官吏であった南畝は、骨の髄までやわらかくなれなかったのかもしれない。となると、荷風さんのぞっこんぶりはとんだ眼鏡違いなところもある。どんなものか。

●不倶戴天の敵からの脱出

話をやや戻すことになる。昭和二十二年の荷風で、はじめに書かねばならないのは、その住むところを、杵屋五叟邸から、フランス文学者の小西茂也邸へと移したことであった。京成電車の菅野駅の北方、それほど遠くない菅野二七八（現・市川市菅野二ー一九一八）がそこで、ここで荷風さんはほぼ二年ほど暮らすことになる。

五叟日記の一月七日に「この日先生小西邸に移転さる」の一行がある。この日、五叟は朝から仕事で出かけており、疲労困憊で帰宅すると、荷風の姿はすでになし。いくら何でもあんまりだと思ったかどうか。ともあれ荷風の引っ越しはこの日。

これが『日乗』になると、前日の一月六日につぎの記載がある。

「……午後食器夜具其他を小西氏方に運ぶ。明日晴天ならば喧騒なる五叟方を立退くべし。」

運んだのはとりあえずの生活道具だけ。そして当の七日には、つれないことにほとんど何も書かれていない。全文を引く。

「晴又陰。午前転居の際清水扶桑氏来話。午後木戸勝部両氏来話。この夜初てラヂオを聞かず燈下静に露伴先生の曠野評釈をよむ。」

写しながら思わずニヤリとなってしまう。「ラヂオを聞かず」そして静かに読書と厭味を存分に利かすあたり、荷風さんらしい訣別の想いがあるのであろう。

それにしても、これ以上は従弟の五叟の家にはいられないと、荷風が転居を思いつめたのはいつごろのことなのか。『日乗』で見るかぎりでは、二十一年十二月五日にそれらしい記載がある。

「……午前阿部春街氏来りよき貸間をさがし得たりといふ、現在の寓居より二三丁隔りし松林の間なる古き邸宅なり、主人は年四十ばかり、外務省に通勤すと云、夫人に面会し座敷を見る、……」

つまり前年の十一月あたりから、人に頼んで貸間探しをはじめていたことはわかる。そして幸運なことに、その直後の十二月九日に小西から晩餐に招かれている。「十二月初九、晴れて風あり、夜小西氏邸招飲、月明昼の如し」と。この夜、小西の歓待に、老文豪の御機嫌すこぶるよく、そういうときは決まって月は皓々たり。

その上に懸案の貸家探しの難問も解決へと導かれることになったようである。翌日「午後小西氏邸内の一室を借りてラヂオ避難所となす」と、いそいそと出かけている。かくて、二十二年一月一日の五叟日記にあるように、移転話はトントンと進んだらしい。

「朝九時頃正岡容《いるる》氏年賀に来る。先生機嫌悪しく、『かう早朝から訪客のあるやうでは今年もろくな事はなし。引越しでもせねば』と言ふ声に目覚む」

これを予告を兼ねた聞こえよがしのボヤキという。

それに蛇足を加えておけば、時の内閣は片山哲を首班とする社会党内閣で、あまりに多くいる住宅困窮者のための特別措置を打ち出していた。間数の多い家にたいする同居人の押しつけ策である。したがって、空襲でやられることなく、大きな家に住む小西には、それなりの思惑があった。どこの馬の骨かわからない人間を強制的に住まわせられては堪らない。それよりも荷風先生にでも来てもらったほうがいい。それに小西は平素から荷風の崇拝者でもあったという。いっぽう荷風はそのことを先刻承知で、渡りに舟と乗ったに違いない。とにかく、目下の〝音の難民〟生活から一日も早く抜け出したくてたまらないのである。

こうして不倶戴天の敵たるラジオと三味線の猛威から脱出し、荷風さんは新しい生活環境へと移る。さて、その後のことは？　これまたあまりにも有名な、小西邸における荷風の奇怪な行動の風聞、噂ばなしの山、のちのちのお楽しみとしたい。

●印のナゾを推理する

大正六年から昭和三十四年まで、四十余年にわたる『日乗』には、印刷用語でナカグロといわれる《•》が、やたらにつけられていることはつとに知られている。この小さな黒丸は、荷風の原本では朱点であるという。•印が最初にでてくるのは昭和四年三月二十二日、荷風が五十歳のときである。そして戦中の十九年十一月六日を最後にハタと止む。ときに荷風六十五歳。秋庭太郎氏『考証永井荷風』には、こう説かれ

に相違あるまい」

「・印の条々には概《おおむ》ね女性に関係ある記載があり、少くも艶福にかゝはる日であつたに相違あるまい」

いやいや、周知の話、言わでものことであったか。

これが戦後になって復活するのである。その初出が二十二年一月二十七日、荷風さんは六十八歳。ただし黒丸ではなく白丸（◦印）。

「◦乍晴乍陰。近隣の噂に昨日午後二時頃裏隣田中といふ戦争成金の人の屋敷に強盗四人押入りし由。正午新小岩散策。闇市の物貨今年更に暴騰せり。紺足袋一足去年百円のところ百三十円。牛肉百匁《もんめ》六七十円のところ百円となり居れり。」

つぎに二月三日、

「◦晴。近年になき寒さなり。井戸のポンプ凍りて終日水を使ふこと能《あた》はず。午前春街氏より餅、手袋を貰ふ。」

そのあとが二月十四日。

「◦陰。去十日平野萬里歿す。葬式十三日なりし由。雨深更《しんこう》雪となる。」

いずれも全文である。一月二十七日の初出には「新小岩散策」とあって、戦後にできた私娼窟街を散策しているから若干の想像はつく。けれども、あとは何の変哲もない。◦印の意味するところは奈辺にありや。

さらに、戦前流の•印もでてくる。長く引用する。

「•二月二十七日。晴また陰。午後再び小岩の私娼窟を訪ふ。舞踏場に教師来り蓄音機にて女十二三人社交舞踏を学べり。教師は背広をきたれど女の中には細帯に割《かっ》烹着《ぽうぎ》をはほりしもあり。場の一隅に食卓多くあり。女供二三人ヅヽ来りて食事をなすを見るに白米の丼飯に野菜一皿香の物なり。午後三時と夕七時とに共同食事の便宜ある由。此の私娼窟は女工と娼妓と女学生との生活を混淆したるが如きもの。奇観と謂ふべし。……」

これは昔の•印と同じで、女性に関係し、いくらかはエロチックな経験をしたことが推察できる。もう一つ、三月十九日に•印がつけられている。ところがこっちは世相の伝聞の記載であって、中身にはまったくご自身のエロチックな体験はない。全文を引く。

「•晴。或人の談に北海道の某市にて盗賊共産党の事務所を襲ひ党員名簿を盗去《ぬすみさ》れり。右翼の志士盗賊に扮して為せし事なるべく国家の前途益《ますます》多事憂ふべきなりと。此の事新聞に出でず。又過日大森辺にて黒奴と日本の女との情死ありしがこれも新聞紙上に掲載することを禁ぜられたりと云。今夜九時まで停電。」

これでは、どうして•印がつけられたのやら、トント考えあぐねてしまう。しかもこのあと•印は永遠に消えてしまうのである。しかも要らざるお節介なれど数えてみたら、一月二十七日にはじまり、二十二年大晦日までに、計四十五の。印がつけられている。

いうまでもなく、『日乗』は荷風の見事な創作であるという見方が一方にある。その立場に立てば、。印だの•印だのと、口角泡を飛ばして論ずるのは、阿呆の極みということになる。荷風の老獪《ろうかい》な術策に翻弄されているにすぎないと笑われるのが落ちである。

それを承知であえて推理する。二十二年の荷風さんの年齢六十八歳を、とうの昔に過ぎているいまも、ときにわが夢に美女が登場してきて、唇を合わせたりもう少しでアワヤ落花狼藉……の体験をわたくしはすることがある。醒めればすべては夢まぼろしで、はかないこと夥しいものがあるけれども。荷風さんの。印もそれではないか。あくまでも夢のなかのお話であり、情事であり、その甘い名残《なごり》を惜しみつつ、日記にシルシだけはつけておく。戦前のような•印ではなくて、残念ながら。印で。この推理、どんなものか。

それに荷風さんはもはや女性と交わることを止めていた、あるいは出来なくなっていた、とも考えられる。そのことを吐露している『日乗』の記載がある。その昔、拙著『永井荷風の昭和』（文春文庫）を書いているとき、その「告白」を読み強烈な衝撃をうけたことを覚えている。すなわち昭和十八年十二月三十日、荷風六十四歳。

「……数年来馴染の家に立寄《たちより》て見しが今は老衰の身のなすべき事もなし。閨中《けいちゅう》非凡の技巧を有する者に逢はざるかぎり為さんと欲するところいよ〳〵為す能はざる年齢に達せしが如し。天保時代の儒者松崎慊堂は六十六歳にて十七八の侍婢に男子を挙げしめたる事その日記に見ゆ。余の古人に及ばざること啻《ただ》に経学文章のみにあらず。浩歎《こうたん》すべきなり。」

わたくしが受けたショックは、荷風さんのような剛のお方でも六十四で……という想いであったのである。そのときわたくしは六十三歳。ああ、あと一年か、と。ちなみに、この日は・印がつけられていない。

これを思えば、前にふれた相磯氏の別宅にいる「家人」にたいして、・印か。印をつけねばならぬようなことがぜんぜん起こらなかった、とするのが、残念ながらほんとうの話なのかもしれない。

それで。印のナゾを解いたつもりかい、それこそ荷風の思う壺なんだよ、とやっぱり嗤《わら》われるであろうか。……やんぬるかな。

●オフ・リミッツ―V.D.

戦後すぐに占領軍将兵御用達のRAA（特殊慰安施設協会）ができたことは、すでに多く書かれている。ところが、昭和二十一年三月、突然に「RAA所属のすべての慰安所に占領軍将兵の立ち入ることを厳禁する」という命令が発せられた。性病の蔓延で、GHQは青くなったのである。そしてそれまでの日本人は完全排除のこれら慰安所には、三月十日から「オフ・リミッツ」の黄色い標識が掲げられる。つまり米兵立入り禁止。

それに先立つ一月二十一日に、「日本における公娼廃止に関する覚書」というのがGHQより示される。これが公娼廃止令である。ただし、ひきつづき職業を継続する従来の娼家は接待所という名目で「公娼でない公認の私娼」営業が認められた。それで女は接待婦の名称で貸席料、下宿代、設備費などを、接待所の業者に支払えば営業してもよい、ということになる。さらに九月二日になって、接待所を特殊飲食街（つまり赤線）、接待婦を従業婦と呼び替えることになった。

戦後すぐの風俗事情はざっとこのようなものであった。結果として、せっかく占領軍用に作られたRAA配下の慰安所はすべて廃業、女たちは赤線へ、または街娼（パンパン）へと散っていった。また公娼廃止令のさいに廃業させられた女たちのなかにも、街娼へと身を落としていったものもかなり多かった。

横道を元へ戻して、荷風さんである。もともと日陰の女が好きであるから早速にでもお出ましになっているであろう、というこっちの予想はぴたりで、『日乗』にはずいぶん早く〝赤線〟探索の記が記されている。

まずは伝聞で、二十一年五月三十一日に「玉の井私娼窟本年正月頃三十軒ばかりなりしが此頃は百軒以上となれり」とあり、さらに身近なところに筆が及んでいる。

「京成沿線高砂新小岩にもあり、高砂盛り場は去年三月玉の井焼亡後直に出来たるものなりと云」そして六月には調査のために早々と第一歩を踏み出している。

「六月十一日、晴、午後省線新小岩町の私娼窟を歩す、停車場前に露店並びたる処より一本道の町を歩み行くこと数町、人家漸く尽きんとする町端《はず》れに在り、もと平井町に在りし芸者家の移転せしもの多しと云、大方は亀戸に在りし銘酒屋なり、女さほど醜くはなし、揚代客の和洋を問はず五十円と云」

この旺盛なる好奇心と調査力を見よ、である。その後もせっせと足を運ぶ。といっても、市川近辺の新小岩、小岩、船橋に限る。明けて二十二年、。印のついた一月二十七日につづいて、眼を引いたのは二月二十五日の記。

「……午後小岩の町を歩む。千葉街道を西方に行くこと五六丁、戦争中精巧社《(ママ)》工場及び寄宿寮ありし処今は広大なる建物を其まゝ、亀井戸より移来りし私娼の巣窟《そうくつ》となれり。セメントの門に東京パレスの名を掲げ玄関口に花柳病診療所。傍に舞踏場あり。……構内 頗《すこぶる》広大なれば一見まづ人をして喫驚せしむ。門前より構内到る処off Limits V.D. の掲示を見る。去年十月までは米兵の出入頻繁なりしが、今は日本人を客にするばかり。半時間金百円一時間二百円。一泊夜九時より八百円、十一時頃より六百円と云。」

おお、これぞまさしく昔日に小岩にあった東京パレス。横文字の部分は「立入禁止・花柳病」と訳す。それにしても荷風さん、さすがに探査は筋金入りである。そしてここはまたその昔、マーク・ゲインの『ニッポン日記』（井本威夫訳、筑摩書房）に書かれて戦後日本人の多くの知る名所でもあったのである。その一節をご紹介しよう。

「……これはまさに世界最大の妓楼以上のものである。同時にそれは、占領軍を本来の目的から邪道へそそのかそうとする日本の努力の、いまわしい記録に対する実証事項の一つなのだ。今この妓楼が占拠している建物は、かつては厖大な軍需品工場の一部だった。天皇が降伏を宣言したとき、その軍需品工場の経営者たちは会議を開いた。……解答を与えたのは東京の警視庁だった。それに従って、工員の宿舎五棟は妓楼に転換された。経営者の若干は、彼らの経験という利益を提供するために留任した。女子工員のうち綺麗なものは淫売婦としてこれまた留任した。取引きは連合軍関係だけに限られた。売上げはすばらしく上昇し、……」

ただし、どこまでが事実であるのか、疑問である。戦後十年ほど経って見学に訪れたとき、少なくとも綺麗な女性なんかいなかった。それと荷風さんは書いていないが、入口には吉原大門の見返り柳と同じような大きな柳が植えてあったことだけを覚えている。

●幸田露伴逝く

かなりの毒舌家であった永井荷風は、日常の談話などで、あまり敬称をつけて人を呼ばなかったという。その荷風が「さん」づけでいうのは「天子さん」、森鷗外の「鷗外さん」[*4]、それと幸田露伴の「露伴さん」だけで、あとは「君」づけか呼び捨てであったとか。

「……明治の文学者にして其文章思想古人に比すべきもの露伴鷗外の二家のみなるべし」

と大正十三年三月十八日の『日乗』に、荷風は書いている。

そんな昔からずっと敬してきた露伴さんが、享年八十一にして亡くなったのが、昭和二十二年七月三十日のことである。

「……今暁露伴先生菅野の寓居《ぐうきょ》に逝くと云」

と『日乗』には、ただ一行が記されている。菅野の寓居というのは、いまの地番でいう市川市菅野四－四－三で、荷風が仮宿《かりやど》している小西邸の北東すぐそばである。八月二日に自宅で葬儀、荷風は「蝸牛庵」へ曲がる角のところでよそながら見送った。その日の『日乗』にはこうある。

「晴。午後二時露伴先生告別式。小西小瀧の二氏と共に行く。但し余は礼服なきを以て式場に入らず門外に佇立してあたりの光景を看るのみ。帰途路上にて島中氏また春陽堂店員鎌倉文庫店員に会ふ。」

空襲やヤミでの交換でほとんどの日本人は礼服などもっていなかったであろうに、「礼服なきを以て」とは、傾倒する人へのいかにも荷風さんらしいひそかな弔意の表し方である。

と書いたものの、ここにオヤッというものが残されている。『露伴全集』（岩波書店）の月報13（昭和二十五年十月）に、『日乗』に出てくる小西氏すなわち小西茂也が「お葬式の日」と題して、どこか意趣ばらしの気味がないわけではない珍なる文章を載せている。

小西から露伴の亡くなったことを知らされた荷風は「弱ったな。僕には礼服がない」とまずいったという。「構わないじゃありませんか。平服でも結構ですよ」と小西がいうと、「そうかしら」となお迷うふう。「罹災《りさい》なさったのですもの、誰が笑うものですか」「じゃ平服でお焼香だけに行こう」とやっと荷風は決心する。ところが当日になると、「一晩考えてみたが、生前会ったこともない人のところへお焼香だけしにゆくのは変だから。それに着物もないし」と荷風さんは決心を翻す。小西の感想「スタイリストの荷風先生、あくまで礼装にこだわっておられた。頑固な明治の年寄りには、何ごとも逆らってはいかぬ」なんだそうな。結局のところ、「それならば、よそながら遠くから御回向なさいよ」とすすめられ、荷風は風一つないひどい暑さのなかを重い腰をあげて出かけることにした。

さて問題は、そのいでたちなんである。麦藁帽子に白いシャツ、黒ズボンに下駄ばき、買い物籠をさげていたという。なるほど、これが荷風の平服なのか。「買い物籠には紙と予備の鼻緒《はなお》の前壺が入っているので、先生は携えるのを忘れたためしがない」という小西の解説は、かえって皮肉に読めたりする。

以下ちょっと略して、遠くから拝んでそのあと荷風たちは氷屋に入って休んだ。そこでこんな会話がかわされる。

小西「寂しいお葬式でしたね」

荷風「いや、あんなものだろう。現代文士とはもう何の関係もないし、それに女のファンもいないもの。だが不思議に妙齢のご婦人が二、三いたね。きっとあれはお嬢さんのお友達だろう」

ここでまた、小西の感想「さすが荷風先生、女人には目が早かった」。はっきり言葉にしていないものの、冷やかし、あるいは軽蔑、のようなものが言外にこめられているように感じられてならない。でも、助平とか好色といったものじゃなかろう。むしろ、いかにも荷風さんらしいリアリスティックな観察とみるべきである。しかも、『日乗』には「門外に佇立してあたりの光景を看るのみ」と、それらしい気配は毫《ごう》もみせていない。

●亀田鵬斎との久しぶりの再会

向島に、荷風さんが愛してしばしば訪れてゆったりと憩った百花園がある。昭和改元の翌日、すなわち十二月二十六日にも友人とともに荷風さんはここをたずねている。

「……墨陀《すみだ》の百花園に遊ぶ。楽焼をなす。園主茶菓を薦め句を余に請ふ。已むことを得ず。たまに来て看るや夕日の冬の庭。」

さらに同行の友にも請われて二句、のうち一句は、

冬空の俄《にわか》に暗しきのふから

とあり、なにか開幕したばかりの昭和の御代の不吉を荷風さんは早くも予感しているかの如し。で、この句をわたくしは好んでいる。

ついつい昭和史好きは余談めいたことを書いたが、この百花園の入口に「墨沱梅荘記」という大きな石碑が立っている。先日、これを書くためにわざわざ出かけていって、それに彫られた几帳面《きちようめん》な文字を写してきた。

墨沱之瀕葛陂之傍荒圃鋤而新園成
植之梅一百株毎歳自立春伝信之候
渉二月啓蟄之節樹々着花満園如雪
…………………

読み下す要もあるまいが、墨沱の瀕、葛陂の傍、荒圃鋤きて新園成り、之に梅一百株を植う。毎歳、立春伝信の候より二月啓蟄の節に渉り、樹々花を着け満園雪の如し……。碑文の作者は亀田鵬斎。『日乗』昭和二年十二月二十八日に、

「……山本書店亀田鵬斎の文鈔《ぶんしよう》二巻を郵送し来る、余数年来江戸儒家の詩文集を蒐

集せむと欲し其の板刻《はんこく》せられしものは大方之を獲たりしが、唯鵬斎の文集のみ今日まで手に入らでありしなり、余のよろこび思ふべし、……」

とある。おそらく荷風さんは百花園を訪れるたびにこの碑を眺め、風狂の雅客鵬斎に想いをいたしていたのであろう。それの証に、

「……わたくしは唯墨堤の処々に今猶《なお》残存してゐる石碑の文字を見る時鵬斎米庵等が書風の支那古今の名家に比して遜色なきが如くなるに反して、東京市中に立てる銅像の製作西洋の市街に見る彫刻に比して遥《はるか》に劣れるが如き思をなすのみである。」(『向嶋』)

といった具合で、荷風はその書を大いに好んでいた。昭和十二年三月二十一日の『日乗』でも、

「……写真機を提げて墨陀の木母寺に至り、鵬斎が観花碑をうつす。……」

と、わざわざ向島も白鬚橋の北の木母寺まで出かけ、その字をカメラに収めている。それだけに鵬斎の書を手にし「余のよろこび思ふべし」はほんとうによくわかる。

実は、そのなつかしの亀田鵬斎に市川の町中で、荷風さんは思いもかけず再会したのである。『日乗』二十二年十月十九日にある。

「……近巷諸処の神社祭礼なり。菅野の白旗天神。平田の胡籙神社。新田の春日社

いづれも社頭に幟《のぼり》を立つ。たま〳〵春日社の幟を仰ぎ見るに慧眼輝光同好一乗之妙経ととなせし《〔ママ〕》下に関東鵬斎亀田興休手拝書とあり。鵬斎の楷書を見るは珍し。……」

京成電車の市川真間駅の南すぐに、小さな村社といった風情で、いまも春日神社はある。幟が年中立っているわけではないから、鵬斎の書のそれがいまも残っているのかどうか、つまびらかにはしない。それにしても、風にひらひらしていたであろう幟に、鵬斎の字のあるのをさっと見届けるとは、さすがに荷風さんである。権力におもねることなく、世間にこびることもしない鵬斎の自由と風狂の生き方は荷風さんにそっくりである。かりに違うところがありとせば、鵬斎は酒をこよなく愛し、酔うことで詩想をえたのに、荷風さんはとんと酒を飲まなかったことである。

文化六年（一八〇九）江戸を発ち、鵬斎は信州・越後・佐渡への二年八カ月におよぶ長旅に出かけている。このとき、中学時代の三年間を過ごしたわが父の故郷の長岡在の越路町（現・長岡市）にも滞在し、多くの書きものを残してくれている。お蔭様で、少年のころに鵬斎の書をいくつも見る機会をもったものである。多分に良寛の影響を受けたのではないか、字がくねくねと「まるでみみずのようやな」と思った記憶がある。荷風が「鵬斎の楷書を見るは珍し」としているのはそれゆえではないか。

鵬斎の墓は台東区今戸の称福寺にある。先日も、「鵬斎亀田先生之墓」の前に佇んで、先生五十歳のときの七絶一首を想いだした。

不学仙兮不学仏　仙ヲ学バズ仏ヲ学バズ
無所見又無所述　見ル所ナク又述ブル所ナシ
一生飲酒終無銭　一生　酒ヲ飲ミ終ニ銭ナシ
半生五十人事畢　半生五十　人事畢《オワ》ル

ついでに、ふと思った。敗戦いらい市川周辺に籠もっていた荷風が、江戸川を渡り、また荒川放水路を渡り、春風濹東の道、覚えず向島・浅草に到るのは、この翌年一月のことである。ことによったら鵬斎の楷書を仰ぎ見たのがきっかけになったのかもしれない、と。

●求めても得られない美徳

この昭和二十二年は後半から、面白いくらいに荷風の筆が動き出している。前半は例の春本の件で「三月以来疲労甚しく筆持つ元気なし」（五月十二日）という状態であったから、ま、已むを得んか。「人妻」六月十八日稿。「心づくし」十月二十六日稿。「秋の女」十一月六日稿。「にぎり飯」十一月十二日稿。「買出し」十二月十七日稿。

春本去って元気回復とはいくらか現金すぎる感はある。でも、お蔭でこれら短篇小説を読むことができるのは楽しいことである。それらがそれほど傑作ではないとしても。ほとんどが敗戦直後の風俗を単色で描いたもの。なかで、どうという筋はないし、情感も乏しく、素描みたいなものながら「秋の女」を、ちょっと異色な作として好んでいる。そこにはびっくりするほど、晩年の荷風の女性観が吐露されているように感じられるから。

「……（彼の女は）現代人のやうに人を甘く見て馬鹿にしたり、我を忘れて途方もなく付け上つたりするやうな処がありませんでした。これは女ばかりに限られた話ではありません。無遠慮と我儘勝手とは今の世のいかなる方面にも見られる現代的特徴ではありませんか。それを思ふと彼の女の何事につけても控目な態度様子は、わたくしには求めても得られない美徳に見えたのです。……」

試みに引っぱりだしてみたが、へエーと思わないわけにはいかないのではないか。なるほど、戦後の日本男女の不作法は目に余るとしても。もう一つ。

「……女性の日本的伝統美のゆかしさと懐しさとは、その形ではなくしてその情操に因るのです。物の哀《あわれ》を知るに鋭く、あきらめを悟るに浅からぬことではありませんか。」

ホントかよ。と呟きたくなる。荷風さんが一所懸命に造形してきた女性の理想像とは、こうしたしとやかな古風なものであったか。『濹東綺譚』のお雪が「お嫁さんにしてくれない」と言い出した途端、この美しい物語が〝静かに幕〟となるのは、こうした荷風の女性観からなのか。荷風が同情を寄せ、こころをこめて描く女性とは、そも「何事につけても控目な」で通底していたのであろうか。

人間、七十を越えると、静謐がなによりなのか。

●すべてに馬耳東風

この年の二・一ストのことは前にふれたが、その他の後半の時代の動きと、それらを徹底的に冷眼視している荷風とを並べてみる。

・七月一日の飲食営業緊急措置令の公布により、七月五日から年末まで食糧危機を切り抜けるために全国の料飲店の休業が決定した。（外食券食堂と喫茶店を除く）『日乗』には翌二日に「秋九月まで米の配給杜絶すべしと云。」

・十月十日、キーナン極東裁判首席検事が天皇と実業界指導者に戦争責任なしと言明した。

『日乗』十月十一日「曇りて暗し。午後小岩を歩む。夜ラヂオの歇むを待つて机に向ふ。庭上虫猶啼く。」

・十月十一日、東京地裁の山口良忠判事がヤミを拒み栄養失調で死亡する。〔日記の一節――食糧統制法は悪法だが、法律である以上、ヤミ買出しは絶対にやらない。これを犯すのは断乎処罰する〕

『日乗』にはこの前後をみてもまったく記載なし。

・十月十三日、秩父、高松、三笠の三家を除く十一宮家の五十一人の皇籍離脱が決定した。当主二一〇万円、親王妃一五〇万円の一時金が支給された。

『日乗』は「陰。午後海神。帰途船橋を歩みて雞卵を買ふ。一個十五円五十銭となる。空晴れわたり夕陽燦然《さんぜん》。」上に。印あり。

・十一月十九日、「アノネ、オッサン」の高瀬実乗が喘息で死去。

・翌二十日、エリザベス英王女がマウントバッテン大尉と結婚。

ともに『日乗』には記載なし。

・十二月二十六日、極東軍事法廷は東條元首相の審理に入った。東條は、①連合国側の軍事的経済的圧迫、②太平洋戦争は自衛戦争、③大東亜共栄圏はアジアの解放、④開戦決定に天皇の責任なし、⑤太平洋戦争は国際法に違反せず、と強調する。

この前後の『日乗』には東京裁判のトの字もなし。十二月二十六日「晴。暖。」、二十七日「陰。寒。薄暮微雨」。ともに全文である。

そして、大晦日の荷風さんの締めくくりが、いい。

「晴。午前うさぎや来話。深更かすかに除夜の鐘の鳴るをきく。いづこの寺にや。本年は実に凶年なりき。六月に蔵書の大半を盗まれ年末に至りて扶桑書房の為に十六万円の印税金を踏み倒さる。而して枯れ果てたる老軀の猶死せざる。是亦最大の不幸なるべし。」

＊3　小門勝二『荷風歓楽』に、荷風自身による『四畳半……』論がある。例によって小門の質問に答えてのもの。どこまでが真実なのかわからないが。

「あれは失敗ですよ。『四畳半……』は、ぼくはあれはもっとうまく書けるつもりでいたんですが、書いてみたらそれほどでもなかったな。啞々さんに見てもらったら、筋が単純すぎるといっていましたよ。それであれは作品にするのをやめちまったんですよ。だからあれはぼくの日記の中のメモがわりに書いておいた小説の心覚えみたいなものですよ、あれは。」

それなのに、そのまたニセモノが天下を騒がしている。荷風さんの嫌悪がよくわかる。

＊4　かなり意地悪な引用になるが、幸田露伴さんの森鷗外論（？）を。
「死んでしまった人のことをいうのもいやだが、森という人はおそろしく出世したい根性の人だった。石黒忠悳《ただのり》という人が森の上役で、これと気が合わぬので、この一派を目の上の瘤のようにしていた。大橋や大倉は新潟の出身で、それらとわたしは交っていたので自然わたしは石黒とも知り合いになった。これがわたしと森の離れる原因の一つになった。あとで知ったことだが、さもあろうと思った。」

荷風さんには聞かせたくない話であった。

第四章 まずは浅草の雑踏の中へ——昭和二十三年

●「六区の大都座楽屋に行く」

昭和二十三年が明けると、突然、思い立ったように（いや、わたくしは亀田鵬斎との出会いに触発されて、とみるのであるが）、荷風は江戸川そして荒川放水路を越える。一月九日の『日乗』にそのことが長々と書かれている。

「晴。暖。午下省線にて浅草駅に至り三ノ輪行電車にて菊屋橋より公園に入る。罹災後三年今日初めて東京の地を踏むなり。菊屋橋角宗円寺門前の石の布袋《ほてい》恙《つつがな》くして在り。仲店両側とも焼けず。伝法院無事。公園池の茶屋半焼。池の藤恙し。露店の大半古着屋なり。木馬館旧の如し。其傍に小屋掛にてエロス祭といふ看板を出し女の裸を見せる。木戸銭拾円。ロック座はもとのオペラ館に似たるレヴューと劇とを見せるらしく木戸銭六拾円の札を出したり。公園の内外遊歩の人絡繹《らくえき》たるさま戦争前の如し。来路を省線にてかへる。亀戸平井あたりの町々バラック散在す。」

ただしこの記載、いくつもおかしなところがある。省線浅草駅は浅草橋駅であり、そこから三ノ輪行都電は22番、浅草橋からは浅草雷門行特22番の直通の都電があったはずなのに、荷風はわざわざ遠回りをしている。仲見世も焼けていたはず。というのも、わたくしが旧制浦和高校に入ることができて、疎開先の長岡から東京へ戻ってきたのが昭和二十三年春で、さっそく浅草を訪ねたから内部が焼かれた仲見世をたしかめている。外部も朱色がピンク色に変色したままであったように覚えている。

ほんとうの話、仲見世は空襲でやられていたのに焼けずとしているのには、あるいはそうでありたいというはかない希望がこめられているのかもしれない。国家敗亡によっても変わらぬ「浅草」を、そこに夢みたのでもあろう。それにしても、戦後三年たって初めて東京の地を踏むというのに、浅草へ直行というのは、いかに荷風さんが浅草の群衆のなかの哀愁を好んでいたかを率直に物語っている。

翌十日は、こんどは向島まで足をのばす。

「……午下市川駅前より発する上野行のバスに乗り浅草雷門に至る。歩みて言問橋をわたり白髯に至る。白髯神社蓮華寺共に焼けず。外祖父毅堂先生の碑無事に立てるを見る。地蔵坂下より秋葉神社前に出る横町にもと玉の井の娼家移転せり。……」

白髯神社は白鬚神社で、その境内に鶯津毅堂の碑がある。蓮華寺は都立七中（現・墨田川高校）の門前にいまもある。移転した娼家とは、のちに荷風作品の舞台にもなる鳩の町である。

さらに十二日には、なつかしの町・玉の井訪問である。

「晴。温暖小春の天気を思はしむ。午後玉の井の焼跡を歩む。震災後二十年間繁華脂粉の巷今や荒草瓦礫の地となる。濹東綺譚執筆の当時を思へば都《すべ》て夢の如し。晡《ほ》時《じ》家にかへる。……」

さらには、「午後向嶋四ツ木辺散歩。」（十七日）、「午後向嶋百花園焼跡を見る。」（十八日）、「午後四ツ木曳舟辺散歩。」（二十五日）、「午後向嶋を歩す。」（三十日）といったふうに、しきりに隅田川の東側のなつかしの場所、それも蕭条たる焼野原を訪ね、往年の『日和下駄』の戦後版を地でゆくような健脚ぶりを示しているが、浅草がとくにどうということもない。その浅草へのめり込む契機となる二通の書簡が『日乗』から発見できる。一つは二月十五日、

「……この日もと浅草オペラ館楽屋頭取長沢氏の書を得たり。駒形電車通に舞台用貸衣裳屋を営むと云。」

とあるのがそれである。長沢氏とは清太郎といい、浅草ロック座の楽屋番頭もして

いた。もう一通は二十日の浅草某生の手紙。

「先日新宿帝都座五階のエロレヴューを見た人の話に裸踊の他に西洋名作物語とか申すものあり……幕をあけると額縁の中に裸の女がそれらしき形をしたポーズをなしまづ一分位は動かずに居り申候ジヤズ踊とはちがひぢつとしてゐるだけ昨今の寒さにはいかにも気の毒にて一向に挑発的ならずつまらなきものに御座候。云こ」

これぞ本邦初のストリップ・ショーである。二十二年正月に開場の帝都座五階劇場の第二回公演に登場した「ヴィーナスの誕生」。静まりかえった観客席には溜め息が洩れ、異様なざわめきがひろがったという。この舞台の第一号モデルが甲斐美春。劇場への階段には入場を待つ行列が連日のようにつづいた。彼女はややあって「私の舞台を見た叔父さんが、あんなことをしちゃいけないって」と申し出て退場。そして二代目の片岡マリが、額縁を飛び出して踊るようになったのはそれから一年も経たないときであった。

早耳の荷風さんにしては珍しく一年も経ってから、ということになろうが……。それにしても、「つまらぬもの」という某氏の手紙を、きちんと『日乗』に書き留めておくあたり、荷風さんのショーへの関心たるやなみなみならぬものがあったとみてとれる。

この二つのことがやがて重なる。

三月九日、「午後駒形町アサヒ衣装部に長沢氏を訪ひ六区興行諸劇場の景況を聞く」。

そして三月十二日になると、

「……午後長沢氏に案内せられて六区の大都座楽屋に行く。オペラ館楽屋にて知りたる踊子数名に逢ふ。六区レヴュー小屋の裸体ダンスは警察署の干渉追〻きびしく当月一杯《いっぱい》位にてやがては禁止同様の有様になるべしとなり。」

またまた小うるさき警察の干渉なるか、義をみてせざるは勇なきなり、で、十五日には「午後浅草常磐座楽屋を訪ふ。」、十七日には「朝日新聞記者来るべき様子なれば朝飯も食はず午前十時半家を出で浅草に行きロック座楽屋を訪ふ。」となって、一週間もたたないうちに大都劇場（これが正しい劇場名）、常盤座、ロック座と、浅草の誇る「裸体ダンスショー」やお色気ショー三座の楽屋への出入御免の免許をえてしまっている。爺さん、どうしてどうして、やることがソツがない。こうして楽屋遊びが俄然面白くなり、せっせと浅草へ精勤することになる。

三月十九日「午後浅草大都座楽屋。」

三月二十二日「午後浅草。薄暮に帰る。」

三月二十四日「午後浅草龍泉寺吉原辺散策。晡下帰宅。」

写すだけでは面白味がない。以下は略としたい。

●お気に入りの女優櫻むつ子

日本ストリップ略史をひもとけば、二十三年二月に新宿帝都座で片岡マリの動くヌードが喝采をあびた。ほぼ同じころ、浅草ロック座でも動くヌードが登場し爆発的な人気をとった。演じたのがメリー松原、のちに日劇ミュージックホールで裸の女王と謳われた。その彼女が回想する。「動かないヌードには我慢ができなかったの。私は踊り子であって、写真のモデルじゃないんだもの」。その夢がかなったのが二月の浅草ロック座公演であった。たった三十秒間、メリー松原の〝動くヌード〟を観るため、朝六時から観客がつめかけ、開演前には行列が劇場を四周するという騒ぎであったという。それはほかに刺激物のなかった世であったから。

荷風さんが三座の楽屋に姿を見せるようになったのは、その直後のことで、すぐにお気に入りとなった娘にのちに映画女優にもなった櫻むつ子がいる。荷風が楽屋に姿を見せた二十三年四月には、彼女は常盤座で田村泰次郎の「春婦伝」の主役を演じていた。

「四月初六。晴。薄暑五月に似たり。木瓜《ぼけ》小米桜杏花皆開く。午後浅草常磐座楽屋。」

まさに、この日のことならんか。彼女の回想がある。

「『春婦伝』の幕がおりて、楽屋へ帰って来ると、上がり口に見慣れない品のいい老人が腰を下ろしていた。ベレー帽が、浅草にはめずらしかった。だが、大切そうに抱えている安物の買い物籠やコーモリ傘、重そうな軍隊靴などが妙にちぐはぐだった。浅草の楽屋にはさまざまな種類の人達が出入りするけれど、ベレー帽から軍隊靴までの四つの品の取り合わせは、どうみても尋常ではなかった。老人は、私と化粧前をならべているKさんと楽しそうに笑い合っていた。昔の浅草の話らしかった。Kさんは、オペラ館時代に踊子だった人なので、その頃の楽士さんか舞台関係の人なのだろうと察した。『むっちゃん、永井荷風先生よ。先生がね、あなたの舞台に魅力があるって……』Kさんに突然紹介されても、それがどういう先生なのか、私には判らなかった。どうぞよろしく、と鏡の中で挨拶した。老人はテレくさそうに、ぴょこんと会釈した。前歯のかけた笑顔が人なつっこかった」

ちなみにKさんとは浅草ムーラン時代からの踊り子であった高清子のこと。『日乗』にはこのあと「四月十二日。晴。梨花満開。正午全国書房来話。邦枝完二氏来話。午後浅草。燈刻にかへる。」、「四月十四日。晴。午後例の如く浅草に在り。」と浅草行きが記される。おそらくこのいずれかの日であろう。櫻むつ子が書いている。「私には、毎日きまったように現れ、舞台の袖に立って、如何にも嬉しそうに一日中レヴューを見ているその根気が驚きだった」

やがて『日乗』に櫻むつ子その人がちょくちょく出てくる。

「……午後常磐座楽屋。或新聞社写真記者あり、その請ふに任せ女優櫻むつ子高清子其他七八人と一座にて撮影す。……」(四月二十日)

このとき写された写真は何かというと雑誌のグラビアなどに引っ張り出されている。数人の踊子たちに囲まれて、テレながらも御機嫌な歯っ欠け荷風さんの笑顔は好々爺そのものである。

「……午後常磐座楽屋。女優櫻むつ子より流行歌詞を請はれたれば作りて示す。左の如し。／逢ひたい時は電話でも／かければすぐに逢へるけど／逢つてしまへばこの次の／約束した日の待どしさ。(以下の二小節略)」(七月二十一日)

荷風作詞の歌に関連していえば、櫻むつ子の回想には、「随分書いて下さった色紙や短冊も、先生の本当の値打を理解する人達へ乞われるままに差上げてしまい、『泣きたいようなかなしいことも……』という先生の詩を為書にして下さった色紙が、たった一枚、私の部屋をかざっているだけ」とある。これを彼女は作曲家に楽譜をつけてもらい、「私の願い」という題をつけて舞台で歌っていた。

　泣きたいやうな　かなしいことも
　泣くならせめて　ふたりして

後でふれることもあろうが、これは『偏奇館吟草』のなかの「涙」という旧詩であったのである。*5

「……浅草常磐座楽屋。女優むつ子より魔法罎を貰ふ。帰途微雨。」（十一月三日）

むつ子の回想。「その後、私はマホー瓶をお贈りした。せめて一日分のお茶だけでも不自由しないようにとの貧しい心尽しだったが、先生は子供のように喜んで下さった」

さらに『日乗』にこうある。

「……午後浅草漫歩。常磐座楽屋に少憩。女優櫻むつ子等と仲店東裏の喫茶店に支那蕎麦を食してかへる。此夜十二時より一の酉なりと云」（十一月七日）

こうして荷風さんの浅草への惑溺はいよいよ本物となる。そして最晩年の『日乗』の「正午浅草」の、あの悲傷長嘆の想いを深くするすさまじいばかりの記載となるのである。なるほど、戦後の浅草には戦時中の取締りの反動として出しものや演出万端に好んで良風美俗に挑むような空気があった。淫靡な空気で充満していた。それが特に荷風の気に入るところでもあった。毎日が縁日みたいな街に、身を沈めてみるのが楽しかったのでもあろう。しかし、ときに荷風は七十歳、それだけであろうか。それは問うだけ野暮、と野口冨士男さんは説く。随筆「放水路」（昭和十一年四月）のつぎのところを読め、と氏はいう。

「……（郊外を散行するのは）自分から造出す果敢《はかな》い空想に身を打沈めたいためである。平生胸底に往来してゐる感想に能く調和する風景を求めて、瞬間の慰藉にしたいためである。その何が故に、又何がためであるかは、問詰められても答へたくない。唯をり〱寂寞を追求して止まない一種の慾情を禁じ得ないのだと云ふより外はない。」

荷風にとり踊子と交際をもつことは、つまり「郊外を散行」することに通じている、そう野口さんはいう。この意見に賛成である。

●コーモリ傘についての雑談

ベレー帽に買い物籠に軍隊靴、そしてコーモリ傘。後に軍隊靴は短靴に変わったが、櫻むつ子が描く荷風さんの姿は毎度お馴染みである。このベレー帽は前の年の十一月に購入したものに相違ない。『日乗』に「十一月十五日。晴。午後海神。帰途市川の町にてベレーを買ふ。弐百五拾円也。」とあるから新品である。

コーモリ傘はどうか。残念ながら詳らかにすることはできない。それにしても常時コーモリ傘を携えて外出する戦前からの流儀を守りつづけているとは。すなわち「湿気の多い東京の天気に対して全然信用を置かぬ」（『日和下駄』）という荷風さんの持続する精神のありようには敬服させられる。『濹東綺譚』にも「わたくしは多年の習慣で、傘を持たずに門を出ることは滅多にない」とあったが、荷風さんはよっぽど天気予報に不信を抱いていたのであろう。

それに荷風は雨にあたるのが嫌いであったと思える。『日乗』にも雨をきちんと記録している。「午後浅草常磐座楽屋。帰途驟雨を女優等と地下鉄入口の喫茶店フクシマに避け晴る丶を待ちてかへる。」（七月十五日）、「午後驟雨の霽《は》る丶を待ちて浅草に至る。花月劇場に映画ゾラの生涯を見る。」（九月七日）、「晩間微雨。午後浅草。仲店追々復旧し佃煮塩漬などむかし見しもの次第に店頭に出るやうになれり。汁粉屋梅園も先月来開店せり。」（九月二十日）などなど、雨の記載を追っていくと、戦後の思いもかけない新事実にいくつもぶつかる楽しみもある。たとえば、甘いものの梅園の開店なんかその一つ。

余談ながら、万延元年（一八六〇）に幕府の使節団が渡米したとき、提督の木村摂津守がコーモリを一本買った。これが本邦初の洋傘購入である。そのときの愉快な会話がある。

木村「これをさして江戸の町を歩いたらどうであろうか」

お供「芝のお屋敷から日本橋まで行くうちに、生命が幾つあっても足らんでしょう。攘夷浪人が黙っておりませんから」

木村「では、屋敷の中でさしてみるより致し方ないか」

福澤諭吉『福翁自伝』にある話である。

●偏奇館跡地を売り飛ばすこと

昭和二十三年春、新潟県長岡在から三年ぶりに東京へ戻ってきたわたくしは、さっそく浅草を毎日のように散策した。旧制高校のボート部に属し、隅田川でのお花見レガッタに出漕すべく、向島にあった艇庫で合宿をはじめたから、浅草行きにはまことに便宜がよかったのである。それで早くも仲見世あたりで荷風さんにお目にかかる機会があった、となれば、話がすこぶるうまくいくのであるけれども、そうは問屋がおろさない。荷風さんの浅草通いなど、まったく存じないことであった。

でも、空襲で完膚なきまでに焦土と化した浅草が、急スピードで復興しつつあった様はよく覚えている。それはもう元のようにとはいかないものの、過ぎ去った時代の様を偲ぶには充分な再建ぶりをここかしこに見せていた。戦前の荷風のいうところの「狡猾強慾傲慢」な現代社会において、「無智朴訥、淫蕩無頼」の人びとの集まる「別天地」の感は、戦後の浅草もまた然りであった。いや、戦前以上に、時代が混沌とし猥雑となり頽廃しているだけに一層、浅草は隠微な世界を形づくっていたといえようか。いわんや大都劇場、ロック座、常盤座――と、数からいっても、オペラ館ひとつの戦前なんかくらべようもなかった。

戦争中に書かれた小説『踊子』で、荷風さんは主人公の眼を通して、浅草の魅力をこんなふうに語っている。

「毎日見馴れた町だけに、その変化を見るたび〳〵過去つた此の年月の事が思出され、われ知らず柔な哀愁に沈められる。その感傷的な情味がなつかしくて堪らない気になるのです。」

この浅草がもつそこはかとない〝哀愁〟は昔どおりである。その妖しげな哀愁の雰囲気になつかしさと詩情を感じ、二十三年の秋口から、荷風の浅草通いはいよいよ本格化する。夏の盛りのころまでは月に六、七回であったものが、十月には九回、十一月十二回、十二月十三回と、悪天候やら電車の賃上げスト騒ぎもものかはの精勤ぶりとなっていく。

そのナゾを解く鍵が『日乗』にある。

「九月初九。晴。溽暑《じよくしよ》。午前木戸氏偏奇館焼跡地所売却の事につき来話。夜八日頃の月よし。」

「九月十七日。晴。午前木戸氏来話。麻布宅地代金七万九千九百五拾円。此中五万円木戸氏に借り去らる。午後浅草大都座楽屋。帰途中秋の明月珠の如し。」

すなわち、荷風さんは至極ご機嫌で月を昇らせつつ、麻布市兵衛町の旧居・偏奇館跡地を売り飛ばしている。鍵はこれである。

たしかに、このころはすさまじいインフレやら食糧難やら財産税の納付やらで、だれもが青息吐息で日々を送っていた。ところが荷風さんはこの年には莫大な収入のあることが確定的になっている。昭和十五年に中央公論社の嶋中雄作社長と取り交わしていた『荷風全集』刊行が、長々と戦争のために延びていたが、いよいよはじまる。ここに至るまで、つぎからつぎへと問題が発生して、たしかに難航した。でも、間違いなく刊行と決ってからは、荷風はおのれの全集の編纂そして校正に心血を注いでいる。昭和二十三年中に、わずかな執筆活動しか見当たらないのはそれゆえなのである。

そして、その第一回配本が四月三日にあり、四月十日には嶋中社長たちと銀座のカフェーをハシゴしている。『日乗』によれば「景況を視察」とのことであるが、全集刊行祝いであったことは疑うべくもない。もっとも、三、四軒に及ぶせっかくの「視察」も、

「……特に得るところもなく興味もなし。銀座のカフヱーの興味なく喧騒厭ふべき事戦争前と毫も異るところなし。十時近く自動車に送られて家にかへる。世人との交際その苦痛殆ど忍び難きものあるを知りたるに過ぎず。……」

と、荷風さんは不機嫌そのものである。しかも、五月十九日に、第一回分の印税を受けとっているのに、「弐拾壱万参千四百八拾六円受納。」とだけで、嘘にでも月を昇らしたくなるであろうに、愛想もへったくれもない書きっぷり。第二回配本の印税支払いは九月二十三日、このときも「弐拾五万九千二百三十三円也受納。」とあるだけでお月さまはおろか星ひとつ輝いていない。

が、さきにもふれたが、この全集の刊行ゆえに、二十三年には短篇小説の一つだに荷風は書かなかった。そもそも、金融封鎖にともなう生活一新宣言にもとづき、たしかに固めたはずの新規の小説執筆の覚悟は、いったいどこにいったのか。と、こちとらはついつい非難めいた言辞の一つも吐きたくなるが、何となく他人の懐勘定をするさもしい腹を見透かされたような気分になって面白くない。

それにしても、そんな経済的に安心立命の境地にあるとき、わざわざ偏奇館跡地を売り飛ばしたのはなぜなのか。もはや東京には戻らないぞとの覚悟であろうとか、灰燼に帰した蔵書はともかく焼け跡に何の未練も愛着もなかったとか、諸家によっていろいろと解釈がなされている。常識的に推量すればそんなところに落着こう。

けれども、わが勝手な推理はちょっと違う。この地には大正九年五月二十三日に家を新築して移住してきた。いらい昭和二十年三月十日に空襲で焼け出されるまで、少なくとも荷風の文業は麻布のそこでなされたのである。ゆえにいささかの感慨をもっても不思議ではない。それを荷風はあっさりと見限った。とどのつまり、それは全集発刊と深く関わっているように思われてならない。わが文学は全集が出ることで見事に完結する。荷風さんはそう観じたにちがいない。いいかえれば、おのれの詩魂はその全集二十四巻にすべてとどめられる。その余のことはことごとく脱け殻、どうでもよろしい。家屋であろうが蔵書であろうが、形の有無に関係なく形骸にすぎないのである。

荷風はスパッと万事を放棄することで戦前戦後に区切りをつけ、以後のおのれは無一物の風狂の徒たらんと決意したように思われる。おのれ一流の風雅に狂わん。それゆえ、今日風にいえば、永遠のホームレスたらんとした。戦前の軍国日本においては、日本にいながら日本からの亡命者として生きてきたが、戦後の亡国日本においてのこれからは一所不住の風狂者として、どこで野垂れ死にしてもいいとの覚悟を定め長らえていくことにする。それが偏奇館跡地売却という形で表された。わたくしはそう推理する。

西行、宗祇、芭蕉、良寛……、いや、荷風の生涯の友といえる宝井其角、大田南畝、為永春水、山東京伝、亀田鵬斎などを挙げたほうがいいか。風狂の、タワケの先人たちは山ほどもいる。その仲間入りである。タワケとは何か。野口武彦氏の書くところがいい。「タワケとは、いってみれば自己を fou とみなし、そのことで進んで風狂の世界に出向き、戯作する特権を入手した自己に対する呼称である」（『江戸文学の詩と真実』）。かくタワケとなって風狂の世界へ身を投じる。隠者と違って風狂の徒は世俗から超越しているわけではない。世俗にかかずらいつつ、世俗との妥協を許さない生き方、逃避ではないから向き合っている。つまり風狂そのものが現世の批評になっている、そんな生き方といえようか。

そうした風狂の世界として浅草ほど格好のところはない。まるで戦争中の厳しい取締りの反動であるかのように、すべてにおいて良風美俗に反逆する隠微猥雑な空気が、戦後の浅草には濃密にある。この年の秋口から、荷風さんの浅草通いが頻繁となるのは、まさにハダカの女たちの間に身を沈め、歓楽第一の趣味を発揮して遊びほうけ、大いに楽しさを満喫したいからである。佐藤春夫の言葉を借りれば、「芳草に横《よこた》はつて雲雀を聞くと同じやうに庶民といふ自然のなかに溶け込んでゐる」（『小説永井荷風伝』）ということになる。

売り飛ばした偏奇館の跡地に荷風は翌二十四年十月十一日に突然に訪れている。『日乗』にちょっと詳しく記されている。

「……霊南坂上米国大使官《（ママ）》裏門前に米国憲兵派出処《はしゆつじよ》、向合に日本巡査の小屋あり。市兵衛町大通両側の屋敷の重なるものは米国将校の住宅となれり。我旧宅へと曲る角の屋敷（元田中氏）の門にはコロネル何某五百何番地とかゝれたり。旧宅の跡には日本家屋普請《ふしん》中にて大工二三人の姿も見えたり。門前の田嶋氏は仮普普請《（ママ）》平屋建の家に住めり。折好く細君格子戸《こうしど》外に立ち居たれば挨拶して崖上の小道を辿り道源寺坂の方に往く。……」

ここには懐かしくてたまらない、といった懐旧の情などはない。通りすがりのよそ者が乾いた眼で眺めているといったらいいか。そして荷風は死ぬまでふたたびここを訪れようとはしなかった。偏奇館は完全に捨てられて、かわりに卑俗な浅草がえらばれたのである。

それにしても、偏奇館跡地が金八万円足らずとは、どう考えても安すぎるのではあるまいか。東京の一等地であるから、ずっと持ちつづければ……なんて思うのは、どだいからして風狂の徒とはなりえない。落第である。仲介をした木戸正とは、戦時中はいろいろと食料などの面倒をみてくれ、戦後すぐは仮寓（又借り）させてくれたご存じの熱海和田浜の旅館大野屋の持ち主である。そんな恩義もあったのであろうか、さきの九月十七日の『日乗』でみるとおり、売却代金のうち五万円の大金を荷風は木戸に気前よく貸している。「借り去らる」と、いくらか無理矢理にの感が記されているのがおかしいが、よほど木戸が言葉巧みであったのであろう。

ついでにもう一つ、ミミッチイ話をつけ加えれば、『日乗』のその年の十二月二十一日に、

「……木戸氏細君来話。五万円の中二万円返済。……」

とあり、たしかに二万円は返却されている。が、残り三万円は、ついに返してもらえなかったのではあるまいか。『日乗』をためつすがめつ眺め渡してもついにそれらしい記載を発見できなかった。

風狂たるはつらし、というところである。

●全集二十四巻の刊行決定

前項に書いた『荷風全集』に関し、「つぎからつぎへと問題が発生して」について、ちょっとふれておく。

つぎからつぎへの問題のそもそもは、昭和十五年に発する。このとき岩波書店と中央公論社の双方から同じような依頼がもちこまれたらしい。話は岩波の方が先口で有利に進んでいたところ、交渉が妙に行き違ってこじれ、一度は荷風も全集刊行を諦めたことがあったのである。十五年九月二十六日の『日乗』に悲痛なまでの決心が書き込まれている。

「……余は生前全集のみならず著作を刊行することは此の際断念するに若《し》かずと思へるなり。余は現代の日本人より文学者芸術家などと目せらるゝことを好まず。余は現代の社会より忘却せらるゝ事を願うて止まざるなり。……」

すなわちこの三日前には、日本軍の北部仏印進駐、またこの翌日には荷風が「辞を低くし腰を屈して侵畧不仁の国と盟約をなす」と嘲んで吐き棄てた日独伊三国同盟が締結されている。風向きはやたらに武ばって戦争へ戦争へと靡《なび》きだし、「現代の日本人」の心性は殺伐とし悪くなるいっぽうである。これでは文学や芸術ももはやこれまでと観念し、全集の話を断念せざるをえなかったのであろう。

が、岩波がぽしゃったあとで、いっぽうのほうの話が思いもかけず好転する。恐らく水面下で地道な話し合いがつづけられていた結果なのであろう、この年の十一月下旬の『日乗』に突如として出てくる。

「十一月念八日。陰。……中央公論社と全集刊行の契約をなす。……」

そして結んだ出版契約の全文が書かれ、さらに、社長嶋中雄作氏の登場である。

「十一月卅日。陰。午後島中氏来り中央公論社創業五十五年紀念祝のしるしなりとて金子一封を贈らる。……（浅草よりの）帰途風雨。須臾にして空霽れ星出づ。」

と、ほんとうは出なかったのではないかと思われる星まで出して喜んだ。

けれども、このあと日本の出版情勢は一挙に激変する。十二月十九日、出版諸団体は解散し、日本出版文化協会なるものが設立され、用紙配給割当案作成権を保有する。紙が御用機関に抑えられたことになる。出版界は自由に全集刊行どころではなくなってしまう。翌十六年二月、情報局第二課との懇談会において、執筆禁止者の名を「中央公論」編集部に示した。その名のなかには矢内原忠雄、横田喜三郎、馬場恒吾、清沢洌、田中耕太郎などが含まれている。そういう厳しくも嫌な時代が到来していたのである。それでなくても軍部に反抗してほかよりも憎まれている会社が、好色の情痴作家の烙印を捺されている永井荷風全集の出版ができうべくもないこと、それは書く要もない。そして十二月には真珠湾攻撃に発して全面的な国家総力戦への突入である。

昭和二十年八月、日本敗戦。十六日、荷風は嶋中社長に早速に手紙を送る。無事であることを知らせるため、いや、それ以上に、全集刊行の契約が念頭にあってのことならん。十月六日、嶋中が熱海の仮宿へ荷風を訪ねる。これは会社再興と『荷風全集』刊行の準備をする旨を伝えるため、とみる。さらに市川へ移住してからも荷風への物質的援助はおさおさ怠りなく行われた。また、すでに書いたように、二十一年の預貯金封鎖の政府の非常措置にたいしては、嘱託という地位を与えて、中央公論社が荷風に一助の手をさしのべる。というような出版社側のさまざまの懇切丁重さをへて、全集刊行への道は切れずに整えられていた。そして『日乗』に全集刊行実現のことがはっきりと記されたのは二十二年二月十七日。

「……午後小瀧氏来話。いよ〳〵全集刊行に取掛るべしと云。過日依頼せしロンヂン製懐中時計を購ひ来らる。四千五百円と云……」

さりげなく書かれているようであるが、「いよ〳〵」に荷風の躍り上がらんばかりの喜びが零《こぼ》れでている。小瀧氏とは小瀧穆といい中央公論社出版局第一部長である。そして小瀧部長との編集方針などの細かいすり合わせをすまして、七月一日にはふたたび契約書調印と、それこそ「いよ〳〵」第一歩が踏み出される。

「……家にかへるに小瀧氏在り。全集出版契約書に調印す。共に駅前マーケットの天麩羅屋に至る。……」

天麩羅屋の支払いはもちろん小瀧氏ならん、なんて当て推量は余計なこと、お里が知れると嗤われる。でも、荷風さんの愛想はさぞよかったであろうと想像することは、それほど失礼にはなるまいと思う。

このあとも、嶋中雄作社長への戦犯疑惑のためふたたび公刊中止かという累卵の危うきがあったり、小瀧部長が急性肺炎で入院の一騒動もある。「十一月初五。晴。……夕刻小瀧氏より肺炎にて病院に入りし由電報あり。わが全集の刊行如何なり行くにや」。さぞや荷風さんは心細がってオロオロしたのであろう。その小瀧部長も無事に退院、そして嶋中社長の戦犯問題も解決、追放処分を免れる。

「午前中央公論社長秘書田中氏来話。社長戦犯の件無事に済みたる礼参なり。」

二十三年一月七日の『日乗』である。これで待望の全集二十四巻は間違いなく刊行への軌道に乗ったことになる。

こうなって以後、荷風さんはほかの仕事をいっさい放擲して『全集』に打ち込むことに決めた。ここまでに辿り来たった幾山河を想えば無理からぬこと。お蔭様で全作品について、荷風が最終的に律儀に手を入れた本文が全集で定着する。単行本未収録の作品や小品も数多く収録、さらに特筆すべきは昭和二十年までの『断腸亭日乗』が、きちんと荷風の手が加えられて、初めて日の目をみることになったのである。これじゃ新規の小説執筆が滞っても仕方があるまいと、こっちは引き下がるほかはあるまい。まだ敗戦直後の混乱と物資欠乏があとを引きずっているときである。よくぞ全集が完全に刊行されたものである。リアル・タイムで一冊一冊買い求め、いまもわが書棚にその全集を揃えているからいうのではないが、さすがそのころの中央公論社の実力の大いさにはあらためて敬意を表する。とともに、その不断の努力と根気のよさ、精一杯に良心的な本作りはまことに見事であった。それにしても、当時、この全集で四巻にわたる『日乗』を、一巻一巻買い求めてユルユルと読みつぎつつ、荷風さんの文学者としての時流に流されぬ堅固な姿勢と、日記を書きつづけるゆるぎない筆力と、流暢な、あまりの名文に、それはもう何百度となく舌を巻いた。そして芯から中公さんに感謝したものであった。

●ただちに立退かれたし

先にあげた佐藤春夫の本に、評論家の瀬沼茂樹と荷風さんのある日の会話が書きとめられている。

「『もう一度麻布にお帰りになつてみるやうなおつもりはございませんか』『ありません』と荷風は考へるまでもなくきつぱりと答へた『余命ももう幾何《いくばく》もありますまいし、今更そんな無用な努力をする気にもなりません。どこでも雨露のしのげる軒の下で、どうにか残年を過せさへすればいいのですから』」

荷風さんは、何度も書くけれども、大悟していたのである。

それで一切を捨てた風狂の徒としてめでたく生涯を終わろうと意を決した。ところが、豈《あに》はからんや、その途端に、雨露をしのげる軒の下からの追い立てを喰らうとは！　世の中のこと、思うようには転がってくれない。『日乗』十二月五日にある。

「浅草向脚本停電の夜の出来事（一幕）執筆。午後阿部春街氏来り小西氏よりたのまれたりとて突然貸間立退を申出せり。年末に至りて急遽《きゆうきよ》引越先を見つけ得るや否や。おぼつかなし。」

翌六日も、引っ越しのことが頭にひっかかって「心甚楽まず」である。加えるにラジオがうるさく鳴り出し、家を飛び出さざるを得なくなり、この日も、「燈刻常磐座楽屋に立寄り女優踊子等とフクシマに喫茶してかへる。夜八時なり。脚本訂正。」という逃避行なのである。荷風さんは心のうちで相当ボヤいたことであろう。

なぜ温厚な人と定評のある小西茂也氏が、師走も押し詰まって私淑している人を追い出す挙に出たのか。この疑問に答えるために小西氏が書いた「同居人荷風」(「新潮」昭和二十七年十二月号)がよく引用される。氏がずっとひそかに書いていた日記から昭和二十二年八、九月ごろの分を抜いたものらしく、荷風さんの日常の奇行怪癖ぶりがいともおかしげに描かれている。

「今朝、判妻先生の部屋があまりに乱雑なるゆゑお部屋を掃除す。洗顔中なりし先生、慌てて部屋に戻り金を蔵ひありし所へ行きて、掃除中の女房の前にて金勘定を始めたりと」(八月三十日)

——『日乗』に「午前安部氏来話。扶桑氏より使あり。」とだけ。

「夕方、先生座敷の中に七輪を持込み、障子を締め切つて火を熾《おこ》す。障子煙餤《えんえん》となる。あまりに危険ゆゑ五歳の長女をして『先生、火事ですか』といはしめしところ、『ハイ、ハイ、火事ですよ』と平気で雑誌類を燃やしつづけをりしたり」(九月三日)

——『日乗』には「午後中山葛飾辺散策。稲熟して水田の眺望少しく黄ばみて見ゆ。」とあるのみ。

「先生昨夜半、テノールで歌を歌ひをりしと女房ども失笑しをれり。寂しくて眠れなくて歌でも歌ひしものならん、余暗然とす。鼻歌でないところに先生の面目あり。先生下痢のため終日臥床。枕許にて雑談、……」(九月十一日)

――『日乗』には「雨、腹痛下痢。」と、それだけ。

いずれにしても、これらはすべては前年の所業。その我儘《わがまま》放題の風変わりさには小西氏もヘキエキするほかはないであろうが、二年近くも我慢してこられたのである。なぜ急に、の想いはやっぱり残る。浅草に通い出してから夜遅く帰宅するので戸締りもならず物騒《ぶっそう》、なんてごく最近の理由を加えても釈然としないところがある。「復讐がこはいから僕は何も云ひません。その代り荷風が死ねば洗ひざらひぶちまけますよ」と言っていたのに、小西氏は荷風よりも早く逝ってしまった。ゆえに小西氏に代わってと、佐藤春夫がバラしている巷説――それもありそうでなさそうな噂話であるが、フム、フム、なるほど、と納得させられるところもある。

「……小西夫妻の寝室の障子には毎夜、廊下ざかひの障子に新しい破れ穴ができて荷風がのぞきに来るらしいといふので、小西の細君がノイローゼ気味になつたのが、小西の荷風に退去を求めた理由であつたと説く者もある」

ともあれ歳末多忙の折から、荷風さんは慌てて雨露をしのぐ軒を探さねばならなくなる。まことと、風狂に徹するのも楽ではない。

●やむなく家を買う、三十二万円

十二月五日の、立ち退き通告を受けていらい、荷風さんの歳末はすこぶる忙しいことになった。それでなくとも気分的にせわしない師走である。心細さと困惑と情けなさと、いくらかは怒りを感じつつ、それでも六日、八日、そして十日と浅草に出かけてゆくあたり、さすが荷風さん、風狂の徒を覚悟しただけのことはある。でも、いずれの日も帰宅は「夜八時なり」「八日の月あきらかなり」「夜かへる」と真っ暗になってから。小西家の人々と出来るだけ顔を合わせたくなかったものとみえる。

ところで、天にまします神も、七十歳の文士のかかる苦しき心底を哀れとみそなわし給うてか、ここに救いの手を差しのべてきた。下世話にも救いの神という。十二月十一日の『日乗』にある。

「午前小林氏の案内にて八幡の売家二三軒見歩き其の中の一軒を譲受ることに決す。金参拾弐《〔ママ〕》円也と云。」

そして十三日には、とんとん拍子に家屋購入のことが運ぶ。

「午下小林氏と共に八幡の登記所に至り売主代理人と会見し家屋の登記をなす。」

しかも万事が済んだあとで、この日も浅草にお出ましとなり、

「燈刻浅草に行きて夕餉《ゆうげ》を喫す。今宵も狭霧《さぎり》街を籠め月影あかるし。」

と、余程ホッとしたものか、ほんのりと淡い月を出している。

なお、『日乗』の欄外に出費の内容が記されているのが、経済観念のしっかりとした荷風らしくていい。

「菅野一、一二四番地平家建瓦葺家屋十八坪金参拾弐万円。登記印紙代二千四百円。登記証記載金高五万円。」

敗戦直後の物価と考えると、いやはや、たいへんな出費である。災難でござったなと、すぐに心配したくなるが、その要はちっともない。中央公論社からの『荷風全集』出版で、第一回の五月に二十一万三千四百八十六円、第二回の九月に二十五万九千二百三十三円と印税支払いだけで、十八坪の家屋の買入れ費用三十二万円その他必要費用五万二千四百円は、お茶のこさいさいで支払えたはずである。それに十二月にも第三回刊行分の印税二十八万二千百七円が支払われる。『日乗』によって計算すれば、全部合わせりゃ七十五万四千八百二十六円という厖大な額に達する。やれやれ。

ところが、思いもかけず家持ちとなり昭和三十二年三月まで起居することになるこの新しい自分の家が、当初は不満たらたらのものであった。

「十二月二十日。晴また陰。午前高梨氏来話。午後買入家屋留守番の様子を見むとて行く。近隣農家の老婆兀坐《こつざ》して針仕事なしゐたり。家は格子戸上口三畳、八畳六畳二間つゞき、湯殿台処便所、小庭あり。雇婆と二人にて住むには頗《すこぶる》狭し。長く居られるや否や。焼出されて身の置きどころなき人々に比すれば幸なれども過ぎし日のことを思へば暗愁限り知られず。燈刻停電。……」

そして二十八日にいよいよ小西宅から引っ越しである。

「……小西氏主人夫婦に暇を告げて去らむと思ひしが二人ともその姿見えざればそのまゝ荷車と共に二年ほど起伏したる家を去りぬ。……あたり取片付くる中夜になりしが電燈の光暗きこと燭火の如く物見ることを得ず。隣家の人にきくにこの近辺は電力薄弱のため毎夜かくの如くラヂオもかけられませぬと言へり。憂愁禁じがたし。夜具引伸べ溜息つきつゝ眠に就きぬ。」

なるほど、偏奇館にくらべてみれば、それはもう「暗愁限り知られず」であり「憂愁禁じがたし」で、長くいたいところではなかったかもしれない。それにやんぬるかな停電が多い。されども、敗戦日本、欲をいったらキリがない。爺さん、我慢しなくちゃ、と思うそばから、またまた妙なことが想起されてきた。この十八坪の屋敷(?)の値段に比べれば、偏奇館跡地の売値七万九千九百五十円はあまりにも安すぎたのではないか。しかもうち三万円が借りられ放し。こんなに割の合わない話はない。さっき経済観念云々と書いたが、あのくだりを削除したい想いでいっぱいになる。

●「小林氏」とは、そもどんな人？

引用したところに出てきたが、住む家探しに奔走してくれたらしい「小林氏」は、『日乗』にその後もちょくちょく顔を出す。三十二年に八幡に新居を建てるときも大いに役立っている。とくに最晩年の三十四年の三月と四月には、「正午浅草」の四文字が体調を崩してスッパリ消えたあと、「正午大黒屋」につづいて「小林来話」「小林来る」が頻繁に記されている。四月は十四、十六、十七、十八、十九、二十日、二十三日、二十七日と連日で、おそらく荷風の健康状態を気づかい様子を見に来、頼まれれば喜んで雑用をたしていたのであろう。亡くなった三十日の前々日の二十八日にも「晴。小林来る」とある。

これほど荷風の信頼をえた小林は、どうやら当時三十歳前後の人で、『日乗』では二十三年十二月十一日に初登場。例の購買した家の登記をしたときのこと、荷風は感謝をこめて書いている。

「……小林氏といふは和洋衣類の買売をなすもの。余とは深き交あるに非らず、今春余は唯二三着洋服を買ひしことあるのみ。然るに余が年末に至り突然家主より追立てられ途法に暮れ居るを見て気の毒に思ひ其老母と共に周旋すること頗懇切なり。

今の世にも親切かくの如き人あるは意想外といふべし。小林氏の老母は猶《なお》心あたりをさがして女中になるべきものを求めて後引越の世話をすべしと言ふ。……」

名を小林修といい、当時、小西邸の前に住んでいたという。作家川本三郎さんが「市川時代の荷風」(「文學界」二〇〇四年一月号)というエッセイで、彼についての「不動産の仕事もしていたし、洋服の売買もしていたが、他方で、踊りの先生をしているような粋な人でもあった」と紹介、さらに微妙なことを報告してくれている。「男性と暮していた。なるほど、そういう人なら、荷風を尊敬していたとして、うなずける。荷風と相通じるところがあっただろう」

思わず「ハハーン」と唸ってしまったが、さらに小門勝二『荷風歓楽』で、別の小林像を見つけだした。これによると、市川市真間五ー三一五(当時)で中華そば屋「福寿」を営むかたわらで、踊りの師匠をしていたらしい。弟子もかなりあり、街の人には「おてもやん」との愛称で親しまれていたという。ブローカーで成功して昭和三十年ごろには店を出していたのかもしれない。そして彼が舞踊の会を開くと聞けば、荷風さんは招待状に喜んで筆をとったりしたらしい。

「　おさむ君のために　永井荷風

世に立つは苦しかりけり　腰びやうぶ

まがりなりには折りかがめども」

とにかくおさむ君が献身的に晩年の荷風に尽くしたことは間違いがない。垣根や庭の手入れから、棚の修理など、何でもハイハイと用を足した。ひとり暮らしの荷風が風狂に徹して長寿をまっとう出来たのも、こんな親身な人が蔭にいたからである。荷風亡きあと、「是非、先生のお墓を真間さんの境内に建てて下さい。僕にそのお守りをさして下さい」と、おさむ君は目に涙をためて誰彼に訴えたという。結果的に、そうはならなかったし、形見分けの一つも彼には渡らなかった。川本さんは書いている。

「はたしていまでも存命なのか。健在ならばどこでどうされているのか。市井に消えたこの青年の行く末が気になって仕方がない」

わたくしもまた、そう思う。

●Ａ級戦犯七名に死刑の宣告

この年、昭和二十三年にも特記していい歴史的トピックスがあったが、荷風さんは一顧だにしない。けれども、歴史探偵を名乗っている以上は、またまた顰蹙《ひんしゅく》を買うのを承知で〝依って左の如し〟という次第である。

・一月二十六日、帝銀事件が起こった。『日乗』をみても、まったく荷風さんの身辺に何事もなし。

・二月七日、GHQは紀元節に日の丸を掲揚してよいと発表した。この日、荷風は浅草見物、観音様で戦後初めて「御籤《おみくじ》を引くに第五十三吉」。戦前には大吉が出るまで何度も籤を引いたのに、なぜか吉の一回で我慢する。これも平和到来ゆえのことなるか。

・三月六日、菊池寛が狭心症で死去した。嫌いぬいた文壇の大御所の死については完全無視。

・六月十三日、太宰治が山崎富栄と玉川上水に入水情死した。

・八月六日、古橋広之進が千五百メートル自由形で十八分三十七秒の世界新記録達成。

・十月十九日、戦車までくり出された東宝のストが百九十五日目に解決した。

いずれも『日乗』になんらの感想なし。そしてこの後に目を見張らざるをえない記載が見出されるのである。

「十一月十二日。晴。東京堂編輯員鷗外先生選集の事につき来話。午後浅草大都座楽屋。夜俄《にわか》に寒し。旧軍閥の主魁《しゆかい》荒木東條等二十五名判決処刑の新聞記事路傍の壁電柱に貼出さる。」

新聞やラジオの報道には無縁で通している荷風さんも、壁や電柱にデカデカと貼られた号外にはふと視線がいってしまったのであろう。そして読んで記憶に留めているあたり、まったく関心がなかったわけではなかったとみてもよかろうか。

この日、旧制浦和高校に入学し寮生活を送っていたわたくしは、午後三時すぎの、東京裁判判決のラジオ中継放送をよく覚えている。「サダオ　アラキ、インプリズンメント・フォア・ライフ」、あるいは「ケンジ　ドイハラ、デス・バイ・ハンギング」と、終身刑と絞首刑とを交錯させながら、淡々と、何事もなきように宣告する裁判長ウェッブの声に耳を傾けた。荒木貞夫大将にはじまり東條英機大将をしんがりに、さらに三人の欠席被告の刑が言い渡されるまでわずかに十七分間。A級戦犯二十五人全員有罪、しかも量刑は死刑七人、終身刑十六人、有期刑二人という過酷なもの。午後四時すぎに「これを以て極東国際軍事裁判を閉廷する」と、ウェッブが実に不機嫌そうに宣言した声も、わが耳底に残っている。

この人々が、荷風さんのいう「旧軍閥の主魁」と日本人の誰もが当時思っていたかどうか。いましきりにいわれるように、戦勝国の報復裁判あるいはみせしめの裁判であると見ていたかどうか。そのとき、十八歳のわたくしを含めて、一緒にラジオを聞いた高校生たちが示したのは静かな低頭と沈黙であった。いまにして思う。しかし、日本人はひとしく、この口に出せない悲しみに流されてしまって、そのため東條をはじめとする指導者に全責任を押しつけ、国民自身の自省が曖昧になり、消滅した事実はなかったか、と。

荷風さんを離れて余分な理屈をもう少しこねれば、GHQの占領政策はこの昭和二十三年をもって大きく転換していったと思われてならない。ここまでは軍事国家・大日本帝国の完全解体、そして強制的な民主主義国家へのウムをいわせぬ改革といった色彩が濃厚である。が、二十四年の中華人民共和国の誕生による冷戦の悪化にともなう米極東政策の変更は、日本をアジアでの防波堤、反共陣営の砦としなければならなくなる。方針はあれよあれよという間に変わった。日本人の望むと望まぬとに関係なく、GHQは自分の陣営に日本を組み込むべく、「昨日勤王、明日は佐幕」そのままに百八十度占領政策を変えた。

東京裁判の判決の苛酷さは、まさしくその前期の頂点に立つものであった。そしてこの年の十二月二十三日、死刑を宣告された七人の戦犯の死刑がそそくさと執行される。これで万事終了である。日本の進路に大きく舵が切られた。この三日前に、やっと住む家を確保したばかりの荷風さんにとっては、どうでもいいことであったが……。と、あっさり書いたものの、これからのことを考慮にいれると、はなはだ楽しくな

いことになっていく。実は、『日乗』がこの年の十二月三十一日の、

「……夕餉を終りし時停電となる。昨夜春街氏の携来りし石油ランプにて辛じてこの日の事をしるす。暮方より降り出でし雨夜と共に次第に烈しく風も吹き添ひたり。かくして戦後の第四年は過ぎ去りぬ。」

という忌ま忌ましそうな感慨を最後にして、俄然、記述が簡略になりはじめる。省筆以上の省筆となる。いわんや、『日乗』を読むことの大きな楽しみでもある時勢慷慨や人間批評がほとんど影をひそめてしまう。これは困惑を禁じえないことではないか。

＊5　「後でふれることもあろうが」としながら、まったく本文に書くことを忘れた。ゲラでそのことを発見して、ひどく困惑している。注記ですむ話ではないけれども、ここまできては他にやりようがない。簡単にふれるだけとなったことを許されたい。昭和二十一年『来訪者』という小説集に収められて話題となった「偏奇館吟草」は、戦争中にひそかに書きためられた荷風の四十篇ほどの詩集である。とくに「震災」の一篇が。「今の世のわかき人々／われにな問ひそ今の世と／また来る時代の芸術を／われは明治

の児ならずや／その文化歴史となりて葬られし時／わが青春の夢もまえ消えにけり／……」

それは荷風の肉声を聞くようなしみじみとした想いを、読む人々に与えた。そこにうたわれているのは回顧とか追憶というよりは、むしろ現代への絶望であったといえる。あるいは孤独、そして義憤ともいえるほどの強い想い。

「くもりし眼鏡ふくとても／われ今何をか見得べき／われは明治の児ならずや／去りし明治の児ならずや」

一篇はこのように結ばれる。眼鏡なんか拭かなくても、やむなく日本にいるものの日本からの亡命者の眼には、今の日本の救われない病弊はありありと見えたことであろう。

ついでに、わたくしの好む一篇「影法師」を。

「わが影法師われに問ひぬ。／君六十年書を読みて／何をか得たる。／君六十年文を售《う》りて／何をか得たる。／われは答へつ。／世のにくしみ人のそしり／この他に得たるもの我知らず。」

第五章　ロック座のストリッパーたちと——昭和二十四〜二十六年

●俗悪低劣（？）な脚本

昭和二十四年が明けた。荷風さんは七十一歳である。

一月五日の『日乗』に潑剌としたことを書いている。

「……午後阿部氏より汁粉を貰ふ。小林氏往訪。哺下《ほか》帰宅。四隣閑静ラヂオ聞えざれば草稿をつくるに筆おのづから進む。喜ぶべし。」

ラジオが聞こえないからばかりではない、間借人の境遇から抜け出したことに、いくらかはひそかなる歓声を挙げたのでもあろう。創作意欲がムラムラとわいてきたとは嬉しいかぎりである。

ところが、現実には、昭和二十三年から二十四年の晩秋にいたるまで、一篇の小説も書いてはいない。「中央公論」二十四年一月号に「にぎり飯」、「婦人公論」同年七月号に「秋の女」、「中央公論　文芸特集」同年十月号に「人妻」をそれぞれ発表してらず。
いるものの、どれも二十二年後半に書かれたもの、「筆おのづから進」んでの作にあ

では、閑静な境にあって何をシコシコ書いたのか。といえば、二十三年末から二十五年春にかけて、浅草の劇場向き軽演劇の脚本三本である。ただし、戦後の荷風を論じてこの三作にふれぬものなし。わざわざ書くに及ばぬほど有名になっている。といって、素通りするわけにもいかない。まずは、その一覧を――。

1.「停電の夜の出来事」。『日乗』二十三年十二月五日に「浅草向脚本停電の夜の出来事（一幕）執筆。」、翌六日「脚本訂正。」とある。「小説世界」二十四年四月号発表。雑誌発表直後の三月二十五日から四月七日まで劇団「美貌」によって大都劇場で上演。

2.「春情鳩の街」。『日乗』二十四年四月二十日「一幕物心中鳩の街脱稿。」とある。「小説世界」二十四年七月号発表。これも直後の六月四日より二十日まで劇団「美貌」により大都劇場で上演。翌二十五年十一月三十日より十二月十三日までロック座で再上演。

3.「渡鳥いつかへる」。『日乗』二十五年四月一日「浅草向脚本「渡鳥いつかへる」脱稿。」とある。「オール讀物」同年六月号に発表。同時に五月十一日より二十

五日までロック座で上演。

当時の「小説世界」の編集者であった吉田暎二が書いている。「あんな『小説世界』なんてカストリ雑誌に書くんですか、という忠告にも平然と、いま一番下品な雑誌に原稿を書いてみたい、といわれた先生の話を巌谷氏（槇一＝小波の子息）から聞いた」（中央公論社版『荷風全集』月報）

まあ、どれも「浅草向脚本」とみずからがいうくらいありきたりな筋書き。「停電の夜」は老齢のパトロンをもつ若い妾が、押し入ってきた強盗にゾッコンとなって、自分のほうからモーションをかける痴情劇。「春情鳩の街」はヤクザを愛している娼婦と、娼婦的な愛人との恋に悩む純情な青年とが、たがいの報われぬ愛を歎き合い、ついには服毒心中する哀話。「渡鳥いつかへる」はせっかく流しの歌手に転職したのに病魔におかされ、元街娼が寂しく死んでゆく悲劇。いずれも俗悪低劣（？）そのものというべきか。

もっとも、浅草の劇場はいまや裸レビューの真っ盛り。柔肌のヌード・ダンサーが押すな押すなの舞台を作っていた。軽演劇がそれに対抗し、客を招《よ》べる舞台をつくろうというからには、文学だの芸術だのとはいってはいられない。固唾をのむくらいエロチックに、筋も煽情的に、浅草的悲哀感で涙腺を刺激せねばならない。それに櫻むつ子が引き抜かれて新宿に去ったあと、大都劇場には新たなご贔屓の高杉由美がいる。「停電の夜の出来事」はその高杉由美のため、「春情鳩の街」は櫻むつ子を浅草に呼び戻すため、それぞれ書かれたものであったという。ここは一番、彼女たちのためひと肌もふた肌もぬがねばならない。男、沓掛時次郎、低俗だのどうのといってはおられぬ。爺さんは大いに張り切った――ものとみえる。

●晴れの舞台での名演技

三月二十五日、「停電の夜の出来事」初日。

「快晴。春風初て駘蕩。蚤起《そうき》朝餉の粥を啜り家の戸締をなし急ぎて十一時過大都劇場に至れば小川氏既に在り。停電の夜初日。幸にして大入満員の好況なり。二回目の演芸終りし時巖谷真一〔ママ〕氏吉田暎二氏看客席より楽屋に来るに会ふ。一同福島喫茶店に少憩し小川氏と共に省線にてかへる。午後七時なり。」

ご機嫌である。さぞや春風も快く頬をなぶっていたことであろう。

演出は小川丈夫にすべて任せていたのに、押し入った強盗に妾が身体を投げ出すクライマックスの第三場、「荷風はむらむらと芸術的意欲が燃え上ったのだろう、いきなり靴のまま舞台にかけ上がってね、『それでは感じがでませんよ、もう少し手を中の方に入れなくちゃ……そう、そうですよ』と小川氏のお株を奪ったかたちになってしまったよ」（小門勝二『浅草の荷風散人』）というほどに、稽古のときからハッスルしている。

また、吉田暎二手記によれば、「停電の夜の出来事」の初日を終え喫茶店福島へ向かう道々で、こんなことが話されたという。

「妾が若い賊に迫られて、肌もあらわにあとずさりするところで、ほどけた伊達締が、座敷から次の間へ蛇のように長くのびていたらいいと私がいうと、『そうそう、ずっとこう……絵にもありますね』と歩きながら（荷風は）手まねまでして小川氏へ説明する。絵にあるというのは、浮世絵の秘画の場面を思い出してのこと」

七十一歳にして、この熱の入れよう。それゆえに連日の盛況はまんざらでもない。『日乗』三月二十七日がそれを伝えている。

「日曜日。午前小川氏来話。午後より雨。独《ひとり》浅草大都座に往く。女優由美子停電上演紀念にとて短冊に句を請ひければ

停電の夜はふけ易し虫の声

窓にほす襦袢なまめく日永哉」

さぞや鼻の下も伸びていたことであろう。いや、そんな陰口をきくのは失礼千万で、

ここはやっぱり、祝、大入満員、である。

ところで、つぎの「春情鳩の街」は、はじめは「心中鳩の街」であったらしい。「あれは新宿からわざわざ櫻むつ子を呼んで高杉由美と顔をならべてやるのに、『心中』じゃ縁起が悪いもの。それでぼくが語呂をあわせて、『春情』にあとから改めた……。芸事をやっている女の人たちには、ぼくは真っ先に花を持たせるようにしています」という荷風の言葉が小門勝二『冬扇記談』に残されている。

初日は六月四日。『日乗』にはこうある。

「晴。鳩の町初日。午前十時弁当を携へて大都劇場に至る。寺島町カフヱー組合より男女俳優に贈りし幟七流ほど立てられたり。鳩の町第二場のところへ余通行人に扮し女優純子と共に出で、景気を添へたり。三十年前有楽座にて清元一枝会開催の時床に上り落人を語りしむかしを思出で、覚えず失笑す。今宵も終演後女優等と福島に一茶して小川氏と共にかへる。」

またまた書くのは気がひけるけれど、昭和二十一年一月のGHQの公娼廃止令によって、伝統的な遊郭は残念ながら消滅した。代わりに私娼業者たちが特殊飲食店という名称のもとに営業が許可される。所轄警察によって地図にこの地域は赤線が引かれて指定された。「赤線」である。「寺島町カフヱー組合」とは、わが記憶によれば、正しくは鳩の街カフェー組合であったはず。そこからワッショイと幟が七本も贈られたとあっては、荷風さんも照れながら、ひそかな喜びがあったにちがいない。たいする感謝の意もこめて、

「ぼくも役者になって舞台にでるよ」とのたもうた。

その舞台となると……。

「あら、まぁ……先生じゃないですか」

「え……」

「どちらまで?」

「ちょっとそこまできたものだから……」

と、上手からベレー帽をかぶって登場してきた紳士(荷風)に、浴衣がけのおやじが呼びかける。シトシトと雨が降っている。(ほんとうは小豆を転がす笊の音である)。そこへ下手からワンピースの女の子が飛び出してきて、紳士にぶつかる。

「おじさん、ごめんなさい……アラ、先生じゃないの」

「君、そんなに濡れては風邪をひくよ。ここへお入りなさい」

左手に買い物籠をかかえ、右手にもっていた洋傘をパッとひろげて、女の子をかかえこむようにして紳士は下手へ——。

つまりは、それだけのもの。しかも特別出演は初日だけであったが、でもこれが話題となる。ほとんど浅草とは馴染みのない石川達三、坂口安吾、丹羽文雄たちがやってきて観客となり、「あれは面白い」とか何とか褒めちぎったそうな。娯楽のない時代はまことに有難い。お蔭で大都劇場は連日の大入り満員の大盛況。

その日から荷風さんは大都劇場にほとんど日参している。ただしあいにくの梅雨の季節で、不本意ながら、連日「濛ゝ」たる雨の日がつづく。やっと十一日になり雨があがって、「淫雨始て霽る。夕刻大都劇場。帰途満月を見る。」と筆もかろやかになる。それから「晴」の日がつづいて、二十日の千秋楽を迎える。

「……午後小岩。大都劇場鳩の街千秋楽なれば燈刻往きて見る。帰途鈴木氏に招がれ櫻むつ子等と広小路裏のとんかつ家に飰す。」

かくて風狂の祭典はひとまず終わる。

●大都劇場からロック座へ

このあとの『日乗』を繰っていると、ちょっと妙なことに気づかされる。この年の秋風が吹きはじめるころから、連日であった荷風さんの浅草行きの足がやや遠のき、四日おき五日おきになる。そして、そのかんにあるいは銀座へ、あるいは新宿へ、また前にふれたが麻布の偏奇館跡を訪れたりしている。

「七月廿二日。晴。午前小川氏来話。大都劇場脚本料支払をなさゞる件。」というのが理由かな、と最初は思ったが、八月八日には櫻むつ子と高杉由美その他の女性を引き連れて「麦酒店に小憩してかへる。満月皎々。」とご機嫌である。ところが、八月十一日、「大都劇場大道具職人同盟罷業。共産党員跋扈の為劇場休業す。」と、由々しい事件が起っている。理由はまさにこれなるかな。

いま想えば、世は革命機運で騒然たるときであった。一月二十三日、総選挙で日本共産党が三十五人の当選者をだした。五月三十日、「デモ取締りの公安条例反対」で都議会に押し掛けた労組デモが警官隊と激突、死者一名。六月十日、スト中の東神奈川電車区で労組管理の〝人民電車〟が走る。六月三十日、平市（現・いわき市）で共産党員を中心とする群衆が警察署を占拠。そしてよく知られた下山事件（七月五日）、三鷹事件（七月十五日）、松川事件（八月十七日）……。荷風さんのもっとも嫌悪する末世の騒乱である。

こうなると夜たまに浅草に出かけても劇場には寄りつかない。

「大都劇場今猶赤旗の占領するところとなれりと云」（八月十三日）

「大都劇場罷業紛擾依然たり。」（十八日）

このストライキは長引いて九月十五日にやっと解決をみたらしいが、荷風さんは存じないままであったようである。

「朝女優高杉来話。その後新宿ムウランに出演せりと云。その帰るを送りて八幡停車場に徃く。途中偶然小川氏に会ふ。」

これが九月十七日で、このとき争議終結のことを耳にしたのかもしれない。この後が荷風さんらしいところで、翌々十九日にわざわざ確かめに出かけている。

「午後浅草大都劇場楽屋。ストライキは十五日に解決せしと云。」

しかし、櫻むつ子や高杉由美はもちろんのこと、可愛がっていた女優たちの姿はない。彼女たちはストの煽りをうけて散り散りばらばら。この日の夕食は行きつけのアリゾナでとったが、隣にはべる女性はなし。コックさんに悪いが、さぞ砂を嚙むような味であったことであろう。

さらに十月三日、その後どうなっているかとためしに大都劇場に出向いてみたら、二人の米兵が権力を笠に傍若無人にふる舞い、舞台にまで上がって踊り子に戯れようとしているではないか。

「……されど看客も劇場事務員も一様に恐れて制せずその為すがまゝになしたり。米夷の野蛮なる邦人の気慨〔ママ〕なき共に驚くの外はなし。」

と、切歯扼腕をしてみるが、古稀をすぎた己にできることとてない。桑原桑原、さわらぬ神に祟りなしという次第。でも風狂を持続するためにはどこかに桃源郷を探さねばならない。で、大都劇場の代わりに選んだのがロック座の楽屋であった。ひょっこり姿をみせた荷風に、顔見知りの支配人の仲沢清太郎が「先生、どうぞこちらへ」と置炬燵のある部屋へ案内しようとしたら、「いや、女優部屋のほうがいいですよ。そっちのほうが色気があって健康によろしい」と、三階のダンサーの部屋へドンドン上がってしまったという。

以後、隠れ里はロック座楽屋となり、「渡鳥いつかへる」上演、「春情鳩の街」再演はこのストリップ劇場で、ということになる。

●浅草ゆかりの食いもの屋

荷風さんに関心のある人はほとんどが、一度は京成八幡駅前のありふれた食堂「大黒屋」を訪れる。昭和三十四年三月一日に、毎日通っていた浅草で歩行困難となりタクシーで帰宅、一週間ほど病床に臥したのち、三月十一日以後、『日乗』には「正午大黒屋」という文字が機械的にあらわれる。そして死の前日の四月二十九日まで、荷風さんはそこで毎日カツ丼を食べた。ファンは荷風さんを偲んでカツ丼を食するのである。実をいうと、わたくしもこの店でカツ丼を食ったことがある。せっかくながら美味なりきという記憶はない。むしろ何でかかるものを毎日？ と思った覚えがある。

これが浅草の荷風さんゆかりの店となると、いまも残っているのでイの一番にあげるのが、敷石のメトロ通りを少し東に曲がった「アリゾナキッチン」である。それに合羽橋《かっぱばし》のどじょうの「飯田屋」ときて、ついで雷門通りのそばの「尾張屋」、同じく「浅草フジキッチン」、さらに仲見世横の甘味処「梅園」ということになろうか。あと消えた店では、福島、つるや、天竹、峠など。

これらの店にはひとたび縁ができると、連続して訪れる。たとえば、『日乗』二十四年七月十二日にこう記されている。

「晴。午前高梨氏来話。小川氏映画用事にて来話。晩間浅草。仲店東裏通の洋食屋アリゾナにて、晩食を喫す。味思ひの外に悪からず価亦廉なり。スープ八拾円シチユー百五拾円。」

これが「アリゾナキッチン」への初来店の日ならん。「価亦廉なり」と感服しているのが、いとおかし。これで味をしめてただちに「アリゾナ」通いがはじまる。

「七月十四日。晴。晩涼水の如し。浅草アリゾナに夕食を喫す。」

「七月十六日。晴。晡下大都劇場楽屋。踊子等とアリゾナに飰す。此夜上野公園に花火あり。」

おそらく「味もなかなかだから」とか何とかいって踊り子諸君を引き連れていったのであろう。

ついでに書いておくが、米国デトロイト銀行のドッジ頭取が来日し、GHQの最高経済顧問となり、昭和二十四年春からいわゆるドッジラインが推進され、四月には一ドル＝三六〇円という単一外国為替相場が設定された。この超荒療治がすこぶる効いて、字義どおり起死回生、猛威を振るっていたインフレがようやく収まった。その証といってもいいであろうか、『日乗』に敗戦いらい綿々と、こと細かに綴られてきた物資不足と物価高騰の記録が、二十四年後半になると、びっくりするくらい減っている。「価亦廉なり」の五字は、戦後の苦しい時代を生きてきたこっちにはやはりいささかの感慨なしには読めない。そして十月十三日のつぎの記載をもって『日乗』から物価高騰のうらみ節は完全に姿を消してしまう。

「毎月寄贈の出版物を古本屋に売りて参千余円を得たれば、午後銀座千疋屋に赴き一昨日見たりし小禽を買ふ。籠金八百拾円、小禽金弐千五百円。餌の稗五合にて金百円なり。……」

閑話休題《それはさておき》、浅草での荷風ご贔屓の店の話である。これがどこへいっても決まって同じものを食っている。「アリゾナ」ではビール一本にチキンレバーの煮込み料理チキンレバークレオール（ときにエビフライ）、「尾張屋」ではかしわ南蛮、「梅園」では汁粉。いまやこっちも面倒臭がりの老骨となってたしかな実感がある。美味求真とやらで恰好つけて、およそ新規の店を探す気になれない。店のつくりは上品ながら高価なばかりで味は索漠たるもので、くそッ、面白くねえ、と怒りを覚えるほどばかばかしいことはない。通い馴れたところで気楽にゆったりと、ささやかな酒肴で酒盃を重ねるにしくはない。

荷風の場合、それだけであろうか。それ以上に、食いものに興味をもたなくなっていた、と睨んでいる。『日乗』をみれば、若き日の荷風さんが美味三昧な生活を送っていたことは明白である。いちいち記さないが、戦前の銀座や赤坂での遊興は連日で、かつ豪奢をきわめていた。そのグルメ観は「家《うち》の趣味が渋くさへ出来て居たら、其処に芸妓《げいしゃ》でも居れば大概の料理は相当に旨く食ふ事が出来る。」ということにつきる。

「日本の食事全体が『遊び』か『飾』見たやうになつて居て、其処に猶且《やはり》、芸妓、酒、それから又料理、かう三つ揃つて、始めて完全するやうに思はれる。」（随筆「『味』は調和」）

戦後の荷風さんの周りには、豪奢に相応しい女性はいなくなっていた。ともに食するに足るいい女がいなければ、あえて美味を求める要はない。何でもよくなって同じものを注文するに限るのである。そのほうが間違いがなくていい。

左様、美味は美形とともに。わたくしもまた同感である。

●スナック「峠」でのご対面

わたくしは生前の荷風さんには浅草で三回だけ会っている。すべて公園六区の電気館裏通りにあった「峠」という喫茶兼軽食堂、いまでいうスナックにて。いまはないが、ここも荷風がしばしば訪れた店の一つで、『日乗』にもしばしば登場する。

その三回のうち二度は、荷風さんはロック座の踊り子と一緒であった。うち一回には忘れられない光景がある。荷風とやや離れて友人と一杯やっているとき、扉があいて踊り子が二人、「先生、お待ちどお」と入ってきた。そしてしばらく三人で談笑しながら食事をとっていた。踊り子が「ククク」と忍び笑いをときどき洩らしていたところから察すると、きっと猥談でもしていたのであろう。やがて勘定になってひと悶着。踊り子のひとりが「アラ、先生、私の分は？」というと、荷風さん「だめ、君は招んでいなかったから」と断固としてはねつけた。とたんに「ケチ、先生のケチンボ」とくだんの踊り子が大声をぶつけたのに、荷風さん、動じることなく二人分だけの勘定をすまして店をあとにした。どうやら誘ったほうだけに馳走をし、勝手についてきたほうは自前だと合理性を押し通したらしいのである。『日乗』の昭和二十五年八月五日に「燈刻雨の晴れ間浅草に行く。ロック座踊子と常盤座裏の喫茶店峠に少憩してかへる。」とある。あるいはこの夜であったかもしれない。

荷風をよく知る高橋邦太郎の証言もある。

「先生は、たとえば街の中でばったり会ったりすると、かならず〝御膳食べにいきましょう〟と誘ってくれる。その時は黙ってついて行く。この場合は先生がちゃんと勘定をもってくれる。が、どこかのレストランで先生のいるところへひょっこり入っていくと〝まあこちらにいらっしゃい〟といわれたり〝そこに伺ってもよろしゅうございますか〟と言っていけば僕の食べたものは僕が払う。そのへんが実に几帳面でしたね」

「峠」では三度とも荷風さんはきまったように若鶏のレバーの煮込みをパクついていたと記憶している。そしてただ一回だけ、思いきって「爺さん、うまいか」と聞いてみた。

「ウム、少々鶏は固いが……」

荷風さんと口をきいたのはこれだけである。「峠」のカミさんの森田和喜さんによると、なぜかトマトケチャップがお好みよ、とのこと。食事をしないときは、メロンジュースにブランデーを入れて飲み、アップルパイを食べたりしたそうな。また、この店の、二階へ上がる階段のきわの柱には、その死後も長いこと、

秋風や観音堂の鬼瓦

と、鋭くとがるような筆致で自句を記した荷風の色紙が、忘れられたようにかかっていた。(ちなみに森田さんは昭和五十年ごろに「これからはカウンターの向こうに坐るよ」と店を閉じた。いまは洋食屋「峰」と喫茶店「サト」に変わっているが、森田さんはその二軒の店の大家である)

●ロック座楽屋の主

浅草へ連日通いはじめたころの荷風の句がある。

花形や舞台ばかりの花見哉
春風やはだか踊の絵看板
蝙蝠や昼もひともす楽屋口
短夜や舞台げいこの終るころ

その浅草ご出勤も、いまや大都劇場からストリップの本山ロック座へと隠れ里を移

した。はじめはそれほどしょっちゅうではなかったのに、やがて連夜の入り浸りとなる。いやはや、浅草向き軽演劇の舞台出演でも大話題となったのに、こんどはヌード嬢のたむろする楽屋日参となっては、マスコミが放っておくわけはない。かくて人に隠れた風狂の徒がだれ知らぬとてない名物の助平な爺いと化す。あとはただ新聞・雑誌の記者から逃げ回る奇人と相成った。*6

その根城がロック座となったのは、小説「裸体」(二十四年十一月十六日脱稿、カストリ誌「小説世界」二十五年二月号に発表)をロック座で独自に劇化して上演すると知ったときと考えるほかはない。二十五年二月十四日、十六日、十八日と、おそらくその打合せもあって訪れた上で、いよいよ本格的な楽屋への日参がはじまる。

「夜浅草ロック座。中澤氏脚色裸体稽古。」(二十六日)、「夜ロック座。」(二十七日)となって二十八日。

「……午後ロック座。裸体初日。終演後櫻むつ子津田紅子等と不二キチンに飰してかへる。月よし。」

そして三月十三日、「裸体」千秋楽。翌十四日にもロック座に出かけた荷風さんの心持ちたるや、

「春風漸く暖なり。午後浅草。ロック座女優踊子等と杯一に飰す。」

つまりフンワカフンワカしていたのであろう。

これでまたまた遊びごころに火がついた。もう一度、おのれの手すさびを舞台にかけてやろうと、猛然と闘志に拍車をかける。

「四月初一。朝来風雨。晩に霽る。明月皎然。浅草向脚本「渡鳥いつかへる」脱稿。」

と、いやはや元気なことよ。そして「四月初三。晴。燈刻ロック座楽屋。渡鳥いつかへる五月中旬上演の相談をなす。中川堤の桜ひらく。」。さらには翌四日には原稿を書けといってうるさく訪ねてくる文藝春秋新社の編集者上林吾郎に「渡鳥草稿短篇老人草稿交附。」と舞台の宣伝もかねて雑誌に発表せよと渡している。手回しのよいことよ。商売上手のそのへんの流行作家も顔負けの新作原稿の捌きぶりである。

かくて軽演劇「渡鳥いつかへる」（一幕四場）は「オール讀物」六月号に載り、発売すぐ後の五月十一日にロック座で初日の幕があく。

「……正午ロック座に至る。拙作「渡鳥」初日なればなり。午後巖谷氏楽屋に来る。終演後女優等とボンソワールに食事してかへる。」

と『日乗』にある。さらに二十四日、「午後よりロック座。渡鳥この日千秋楽。独フジキチンに飦してかへる。」とちょっと寂しげなだけで、特別の記載はないけれども、この日にも、「今日は、僕が役者になって舞台に出てあげますよ」と言い出してまわりを驚かせただけではなく、実際に名（?）演技を披露してみせたという。

その舞台は……、第二場「都電南千住涙橋附近の横町。十一月頃の夜十一時過。柳の立木。後一面の黒幕。下手寄りに年五十がらみのおでんや屋台を出してゐる。……」。そして以下は荷風の書いた脚本にはない、その場でアドリブ的にこしらえたものである。

上手から出てきた洋服姿の老紳士が、おでんやの前に立って、

「おじさん、忙しい?」

と、声をかける。おやじが、ふと見上げて、

「おや、これは産婦人科の永井先生じゃございませんか。まあお休みになってお一つ……」

と、ちょこを差し出せば、老紳士は、

「や、有難う。一ぱいいただくか」

と、横のベンチで、きゅうと乾す。そのとき、横から出てきた赤い洋装の若い女の子をつかまえて、

「あんた、なかなか可愛いね」

と目を細くし、

「そこまで一緒に帰ろう」

と、若い女の子の肩を抱くようにして、紳士下手へ。

この間、たったの五分。しかし、稽古なしの荷風扮する紳士の一挙一動に、客席と舞台裏の両方から拍手、拍手であったとか。

わたくしは当時わざわざ、それもわが誕生日の二十一日の日曜日に、超満員のロック座に出向いて芝居をこの目にしたのである。ただし千秋楽の四日前のことで、舞台は楽日だけの荷風さんとはついにお目にかかる機会がなかった。自慢話を逸して残念至極に思えてならない。

●文藝春秋・上林さんのこと

『日乗』でときどきお目にかかる、亡き先輩の上林吾郎さんのことが懐かしく想い出されてくる。荷風との初見参《はつけんざん》は、昭和二十四年三月十八日で、「文學界記者上林吾郎氏来話。」、いらい二十七年十月まで計十八回におよぶ「上林氏来話」である。たったの一行ながら、上林さんを知る人には、嫌われようと罵倒されようと、何とも思わず押しかける豆タンクのような突進ぶりが想像されるであろう。

とにかく、真底嫌いな菊池寛が創始者の文藝春秋だというのに、だれも容易にとりえなかった荷風の新原稿を、「文學界」編集部員で一篇「裸体談義」（二十四年五月号）を、さらに「オール讀物」に移って、脚本「渡鳥いつかへる」（二十五年六月号）と短編「老人」（七月号）の二篇で誌面を飾ることができたのである。

なかには「『文學界』が、うそか、まことか知らないけれども、三万円の札束をもって荷風の門をたたき小品一編を獲得したという」なんて話を、得々として書いている人もいるが、これはもう上林さんの希代の突進的な編集者魂の成果である。

いやいや、それ以上に驚倒させられるのは、さらにそのあと二十五年八月号の「オール讀物」に載った「荷風先生とストリップ」という座談会。名を連ねているのは荷風と四人のストリッパー（ヒロセ元美、ベッティ丸山、ナジミ笑、オッパイ小僧こと犬丸弓子）と豪華メンバーである。戦前の上海時代に見覚えたファン・ダンス、つまり二枚の羽根扇を使って巧妙に動かし、見せそうで見せぬテクニックを存分に駆使した踊り、「日本のストリップ・ティーズ（じらし）の開祖」といわれたヒロセ元美、それに故意か不覚か、花道でバタフライをちょいちょいパラリと落としてワッといわせたベッティ丸山、わたくしなんかにもシッカリと記憶のある花形二嬢である。

座談会の中身は、いま読めばそれほどのものではないが、荷風さんはどうしてどうして盛んな気焔を吐いておられる。

「ストリップ・ショウは冬のはうが値打ちがあると思ふな。暑くなつて来たら、お客自身も裸になるんだからね、珍しくなくなる。」

「〔スパンコール（乳首隠しのこと）は〕あれはあつたはうがいいですぜ。ピカピカ光つてゐてね、いいもんだ。……西洋ぢや、お乳を出してる女の人は見たことがないナ。それから靴を必ず穿いてる。跣足《はだし》の人を見たことがない。日本へ来て跣足の女を見ると、西洋人にはとてもいいんださうだ。ハーン（小泉八雲）のものにも、さういふことが書いてある。さう言はれてみると、ちよつと足のうらを見せながら駆け出してゆく女の子なんて、ちよつといいと思ふ時もありますね。ストリップも跣足のはうが、きつといいね。」

「ストリップも一昨年くらゐまでは、うしろのないバタフライだつたから、よかつたなア。」

「これからストリップももつと進んでゆくだらうから、楽しみですよ。競争が激しくなると、だんだん進んでゆくから。それにこの頃の日本人は、体がよくなつてゐやしない？　前よりはずつといいですぜ。前より僕はいいと思ふな。昔の日本の女よりずつと西洋人くさくなつて来た。……僕は新しい人が入ると必ず注意して、そつちを見るね。」

ところで、この座談会は、はたしていつ行われたものなるか?

「夜浅草公園巴里園文藝春秋社招飲。踊子も四五人来る。」

座談会については一言もふれられていないが、『日乗』の六月六日、この日しか思い当たる日はない。また、大枚をはたいて荷風さんをたぶらかしたな、と蔭口を囁やかれそうであるが。

●踊り子選考の審査委員団長

昭和二十五年、聖徳太子の千円札の発行、煙草の配給制の廃止。『日乗』に「六月廿六日。晴。朝鮮南北両国開戦の報あり。」と珍しくあるとおり、この年に朝鮮戦争がはじまり、日本経済は肩代わりの軍需景気でいっぺんに上向きはじめる。池田勇人蔵相が「貧乏人は麦を食え」と発言し、大騒動になったのもこの年である。

そして浅草では――、『日乗』にある。

「十月十三日。晴。夜浅草。踊子裸体をどり其後引つゞき流行。ロック座の他に、松屋六階ピカデリーショウ。六区江川劇場地下室浅草座〔ちなみに二十四年に開場〕。松竹座向側浅草小劇場などあり。いづれも毎日満員と云。」

観客殺到、ストリップの快進撃がつづく。

さらに二十六年、サンフランシスコ講和会議が開催、日米安保条約が締結。主食の統制もやっと廃止になる。ジャズとパチンコが大流行し、ラジオの民間放送もはじまる。ロック座、常盤座、大都劇場に浅草座、浅草小劇場が加わり、さらにこの年にフランス座も店びらき。浅草のストリップはいまや全盛期にのぼりつめた。

その二十六年二月十一日の『日乗』に面白い記載がある。

「午後ロック座。募集踊子の審査を見る。帰途合羽橋《かっぱばし》飯田屋に飲む。」

これだけであるが、間違いなくヌード嬢の採用試験がこの日に行われたのである。記録によると、応募者は実に百十五名の多数であったという。全盛期を誇る裸ショーも、火の見櫓だのサーカス・ショーだの、腹の上の射的だの、ボクシング・ショーだのレスリング・ショーだの、ガラス風呂だのと、かなりあざとくなっているとき、なお勇気ある大和撫子の後裔がこんなに多数いたとは。『日乗』ではさも自分は傍観者であるかのような書きっぷりをしている。事実を知るとちょっと唖然となる。伊藤道郎、秦豊吉、浜本浩、水ノ江滝子ら審査員を率いて、荷風が審査員団長であったのである。そればかりではない、誰よりも早く試験場に、黒の背広に駒下駄でやってきて、あれこれ指図するというハッスルぶり。

小門勝二氏の書く荷風の回顧談がある。

「A・B・Cの三段階に点を分けてつけることは大変でしたぜ。小屋のほうじゃ足を活発にはねあげる子がいいなんていってましたが、ぼくはからだの動かしかた、からだの線のきれいなのがAです。ダンスなんかの素養は問題じゃないな、絶対に。そういうのじゃないとストリップのスターにはなれないものですよ。ダンスがうまくて、顔が綺麗で、脚線美……というのが第一条件じゃないな。そんなら素人の中からさがすなんていうことはないもの」

事実このままの言葉であったかどうか疑いは隠せないが、いかにも荷風さんらしい選考基準である。ともあれ、ズラリとならんだ女体美を、爺さん、たっぷり堪能したであろうことは間違いがない。

●坂口安吾のストリップ論

秋庭太郎氏の著書によると、浅草のストリッパーで、荷風が贔屓《ひいき》にしたのは高原由紀、ハニー・ロイ、摩耶ジュリ、栗田照子、柳登世、三冬マリ、園ハルミ*、朝霧幾世、エミー美山、奈良アケミ等となっている。これに加えるに荷風が「八文字ふむや金魚のおよぎぶり」の句を贈っている清水田鶴子*と、座談会出席の四人。そして知る人ぞ知る吾妻みどり。これだけあげれば「全員集合！」ということになろうか（＊印は『日乗』に登場）。

荷風は楽屋で何時間も飽きることなく、舞台へ出ていったり戻ってきたりするこれらの踊り子と戯れていた。望まれれば、三味線を弾いて聞かせることもあった。くたびれれば畳の上に寝そべって終演の時間のくるのを待っていたという。

それも昭和二十七年秋、文化勲章をもらってからはだんだん足が遠のいていく。入座したばかりの踊り子から「おじさん、何屋さんなの？」とやられているうちは居心地もよかったであろうが、「文化勲章って、どんなのよ」とか「天皇陛下と何を話したの」とか仰ぎ見られるようになっては、踊り子とのわけへだてのない交流のなかに、荷風のもっとも嫌う形式的な夾雑物《きょうざつぶつ》がまじってしまったということなのであろう。

わたくしがせっせとストリップ劇場に通った二十五年から二十八年ごろまでで、秋庭氏のいう荷風ご贔屓の踊り子のなかで印象深く想いだせるのは栗田照子ひとり。裸に交わって裸にならず、踊りだけでひときわ目立っていた。きらッと光る真珠のような歯ならびがきれいな女性であった。

どうやら荷風さんとわたくしとでは、女性にたいする嗜好が異なるらしい。それでもう少しわが好みのほうの話をつづけると、女の丸みを感じさせるマヤ鮎川がいた。

遠くからみていると、悩ましく甘い感傷がわいてきたのは、くりくりッとした丸い目のせいか。日本調で押し通した池みどりも忘れられない。セリフの声の甘ったるく、窓にもたれて秋景色を眺めやる未亡人の風情で……。なんて書いていると、ひとり悦にいっているようで、顔に汗がにじみでる。大学時代にいったい何をしていたのかと道学者に叱られそうなのでこれでやめる。

このストリップ全盛のころの二十五年、坂口安吾が出かけていってこれを罵倒しているのが面白いのでご紹介。とある日、安吾さんは日劇小劇場、新宿セントラル、浅草小劇場とのぞいて回る。結果は「やたらに裸体を見せられたって、食傷するばかりで、さすがの私もウンザリした」「助平根性の旺盛な人間がウンザリするようでは、先の見込みがないと心得なければならない」となって、「女の美しさというものは、色気、色っぽさが全部。それでつきるものである」「生のままの裸体を舞台へそのまま上げたって、色っぽさは生れやしない」と断言し、「だいたい女の子の裸体なんてものは、寝室と舞台では、そこに劃された一線に生死の差がある」と、大そうにのたもうのである。

どうやら安吾さんにとっての女とは、「寝室」のほうが〝生〟で、「舞台」のそれは〝死〟ということらしい。安吾好きのわたくしでも、ストリップに女の美しさのあるべき姿を想い描こうたって、そりゃ無理な話と思う。荷風さんがこれを読んだら、無芸の肉体がごろごろ突っ立っているだけでも、そこから放射するホルモンが満喫できて、結構ご機嫌になれますぜ、と皮肉をいったことであろう。

戦後という時代背景もあって、国破れてハダカありき、それはもう驚異の女体の解放であったのである。そこにはぐっと生唾を飲み込んで秘処をのぞき見しているようなスリルがあった。子供じみていたスリル、あるいはそれだけであったかもしれない。ゆえに、下卑てくればひそかな愉しさはなくなる。それだけに安吾さんの予想したように、落城も早かった。二十七年に有楽町にあけっぴろげにして豪華な、日劇ミュージックホールができたとき、ストリップの〝戦後〟は終りを告げる。華麗なショー化と、関西系の〝特出し〟にわかれていく。浅草はなおしばらくバーレスク・ショーという形で頑張っていたが、二十八年のテレビの出現が決定打となる。荷風さんが劇場の楽屋から姿を消したのは、文化勲章受章のせいもあるが、汗と白粉《おしろい》でムンムンとむせかえるような踊り子の体臭が失われはじめたときと同時である。

●うるわしい交歓風景

当時東大教授であった中野好夫さんが、取材でロック座楽屋を訪ね、たまたま来あわせた荷風さんと出会っている。それがこの昭和二十六、七年ごろであったという。
そのときのことを中野さんは「ある日の荷風山人」と題したエッセイにまとめている。
荷風のいでたちは、ひどく草臥《くたび》れた鼠色かなにかのズボン、上はシャツ一枚（?）、下駄ばき、心持ち鼻の上までずり落ちるようにかけていたロイド眼鏡。ざっとそんなところで、スタスタと楽屋に入ってきて、入口近くの壁を背にして座る。と、たちまち「アラ、先生」と十人近くの踊り子に囲まれる。荷風さんはさっそく彼女たちに新刊の自著を一人ひとりに配りはじめたという。

ちなみに、二十六年だとすると、四月に『浮沈・来訪者』、五月『つゆのあとさき』『ひかげの花』、六月『あめりか物語』、いずれも新潮文庫。さらに岩波文庫で六月に『雪解』『おかめ笹』『腕くらべ』が刊行されている。秋になると、九月『新橋夜話』『秋の女』『すみだ川』『珊瑚集抄』が河出書房の市民文庫で、また『夏すがた・二人妻・花火』『濹東綺譚』が創元文庫。十月に……と十二月までに何と二十一種類の文庫が各社から出版されている。二十七年もまた然り。で、踊り子が何人であろうと、また一人に何冊ずつ配ろうと、およそ屁の河童であったことであろう。

「ひとしきり署名が終ると、先生を中心に映画論がはじまった。それが『情婦マノン』だったのである。三間ばかり離れて坐っているわたしたちには、ほとんど一語一語まで聞き取れる。それによると、どうやら先生は、いま上野あたりでこの映画を見ての、その帰りらしいのである」

と中野さんが書くフランス映画「情婦マノン」は、アンリ＝ジョルジュ・クルーゾー監督、濃艶な主演の女優がセシル・オーブリーと、同時代でわたくしも確かに観ているから、そこまでは思い出せる。が、筋は完全に忘れている。初公開が、調べてみたら、二十五年九月のこと。ただし、荷風の観たのはリバイバル公開のときらしいから二十六年初夏のころと判断できる。ただし『日乗』には「情婦マノン」観覧についての言及がない。このあとの中野さんの回想によると、荷風さんとまだそれを見ていないらしいストリッパー諸嬢との映画論が展開されたらしい。中野さんは書く。

「食い入るような若いストリッパー君の瞳に対して、先生は、ストーリーの説明一つにしても、少しも面倒がられるような様子はない。いかにも幸福そうに、まるでガール・フレンドにでも語るように、長々とつづけられるのだった」

スナック「峠」で見た踊り子に優しい荷風さんがここにもいる。

「もはやそれは反俗精神だの、庶民性だのという、名のみことごとしい論議を超えたもののように思えた。いうなれば、ただ無心に、無邪気に、ああした、ややもすれば社会的白眼をもって見られやすい、そしてまた卑俗的なマス・コミ興味の対象にばかりされ勝ちな人たちとの接触を、心から楽しんでいられる、とでもいうよりほかないもののように思えた。ただ、それが好きだから、そうしておられる——と、そんな風に見えたのはヒガ目だろうか」

中野さんの感想につけ加える余計な考察はない。ストリッパーたちと話すことが楽しかった。それだけ。こよなく同感の想いだけがある。

●洋モクと朝日新聞

二十五年四月一日からの煙草はすべて自由販売に関連して、煙草と荷風さんで、思い出すと自然にニヤリとしてしまう、愉快な話があった。

『濹東綺譚』一で、言問橋際の交番で、主人公がしつこく立番の巡査に尋問される場面を、荷風さんは長々と書いている。もともと官憲嫌いの荷風は、それだけに日常ではいつも恐怖心をもっていて、その鬱憤をせめて小説の上で晴らすかのように、結構対等に主人公をして巡査とやり合わせている。そのラストで、

「わたくしは巻煙草も金口のウエストミンスターにマッチの火をつけ、薫りだけでもかいで置けと云はぬばかり、烟を交番の中に吹き散して足の向くまゝ言問橋の方へ歩いて行つた。」

と主人公は洋モクをプカプカやっている。主人公は為永春水編の「芳譚雑誌」やら成島柳北編の「花月新誌」やら江戸趣味にこり固まってはいるが、ロンドン製の高級煙草好みのダンディでもある。そこのところを、荷風さんは強調したかったのであろう。

大正三年四月五日の大阪朝日新聞で、荷風は「酒は少しも飲まぬ。菓子は良く食ふ。殊に食事の後で食ふ事が多い。それも「ねぢんぼう」とか大福とか金つばとか云ふやうな下等な駄菓子類が好きである。莨《たばこ》は刻みの白梅ばかり。葉巻やエヂプトは嫌ひだし、日本の紙巻莨は尚更嫌ひである」と趣味を語っていたが、昭和に入ってからいくらかは好みが変って洋モクを吸うようになったとみえる。

昭和八年十二月十二日の『日乗』に、側近のひとりで『濹東綺譚』の朝日新聞連載にひと肌ぬいだ日高丼阜（本名浩）が、煙草を土産にくれたことを割注記事にしている。

「丼阜君ウエストミンスタ百本入一函を贈らる」

案外、このときいらい洋モクの味をおぼえたのかもしれない。

さて、これから本題となる。洋モクと朝日新聞ということで、その昔に聞いたすこぶる可笑しい話である。語り手は『外国拝見』などで名文記者といわれた門田勲氏。

「キミは荷風によく似ているね」とわたくしの顔を眺めつつ言ったが、夫子ご自身だっていってみれば同類のお顔。その長い顔をさらに長く引き延ばすように突き出して話してくれた。

「戦後も、昭和二十五年の秋ごろだったと思うよ。新版日和下駄みたいなものを朝日に連載してもらおう、という計画があった。それで学芸部長が何度か交渉にいったんだな。ところがご存知の新聞記者嫌いの難物さ。話をもちだすどころの話じゃない。会ってももらえん。ちょうど小説連載のことで林芙美子と部長が何度か会っているときに、その話がでてね、林芙美子が、私が会わせてあげる、と胸を叩いて申し出てくれたんだ」

林芙美子の連載小説とは、遺作となった『めし』であったであろう。翌二十六年に朝日連載がはじめられている。その林芙美子が仲立ちとなって、やっと会えることになって、林を同道して学芸部長は市川へ出かけていったという。

「いくつもの手土産のなかに、当時は貴重この上ない洋モクの十個入りの箱を三つ四つまぜていった。荷風の応対は実に丁寧で、用意の土産をあっさり受けとって、その洋モクを手にして子細に眺めまわしながら、

『こういう珍しい煙草は初めて見ました』

といって嬉しそうな顔をしたそうだ。部長は内心シメタと北叟笑《ほくそえ》んだらしい。ところがだ……話をしているうちに、荷風がなにかを取り出すつもりでもあったのか、身をよじるようにしてうしろの押入れの戸を開けた。見るともなしに部長がなかをひょいと見ると、なんとそこには、荷風がたったいま、初めて見たと大いに有難がった洋モクと同じ細長い箱が、たくさん積み上げてあったというじゃないか。爺さんはわざわざ見せて、これしきの手土産じゃダメダメ、さっさとお帰りと諭したつもりなんだろうね。食えねえオッサンだよ」

「その洋モクは何でしたか」

「そりゃ、ラッキーストライクかキャメルか、いずれにしてもアメリカ製だったろうよ」

わたくしはこのとき、それがウエストミンスターであったなら、あるいは、と思ったのであるけれども、門田氏にはいわなかった。

ところで、連日のように一行かせいぜい二行となった昭和二十五年秋の『日乗』には、朝日新聞関係の記事としては、

「十月廿一日。半陰半晴。午前高梨氏来話。朝日新聞記者三人来話。夜浅草。帰途雨。」

と、わずかにこれだけが目につく。洋モクなんか有難からず、かつ林芙美子のハの字もない。当時最高に人気作家であった人（それも女性）を完全なる無視とはあんまりではないか。なぜかって、荷風と林芙美子とはそれが初対面ではないからである。

「九月廿三日。秋分。陰。午前島中社長来話。全集第二回印税金弐拾五万九千二百三十三円也受納。閨秀作家林芙美子来話。……」

これは昭和二十三年のこと。門田氏はたしかに「林さんも同道した」といった。二年前に会っていることを荷風はぜんぜん覚えていなかったということか。そういえば、写真でみるかぎり、面相からいっても林さんは荷風好みの女性ではなかったようである。いやいや、これは甚だ失礼な書きようであった。お詫びする。

●吉屋信子からの抗議

前項の林芙美子に関連して、以下は戦前のはなしであるけれども、落としたくない愉快な話がある。荷風さんはどうやら閨秀作家そのものがあまりお気に召さなかったのではあるまいか。そのもう一例として、吉屋信子の場合があげられる。昭和十三年五月十四日の『日乗』にこんな風に描かれている。

「……〔オペラ館で「葛飾情話」の稽古中〕練習中館員来りて吉屋信子なるもの余に

面談したき由を告ぐ。避けて会はざらんとせしが機会を失して逃る丶能はず。看客席に至りて信子と相対す。随従の一書生出で丶余と信子との写真を撮影せり。……」

この経緯が、実は当の吉屋信子の筆によると事情が、俄然、違ってくるのである。『私の見た人』（朝日新聞社刊）所載の「藤蔭静樹」のなかに憤懣もたっぷりに、吉屋信子はこう書いている。長い引用となるが。

「信子『なるもの』とはずいぶんだ。練習中とは〝葛飾情話〟の舞台稽古のことだが、私の行った時の稽古はけっして〝葛飾情話〟ではなく、オペレッタみたいなにぎやかな一幕だった。舞台にもどこにも荷風の姿はなかった。

『機会を失して逃る丶能はず』とはいかにもその舞台稽古に立ち合っている時に私に面会を求められて逃げ場を失い観客席に降りて来たみたいだが。そうではない。劇場支配人がどこからか荷風を伴って現れたのである。もし『避けて会はざらんとせしが』なら館の裏口からも表からも逃げられるし、あるいは踊り子の楽屋の押入れに隠れることも出来る。第一私自身は〝面談〟なぞ申込んだ覚えはない」

以下は略とするが、とにかく『日乗』とはまったく異なる情景がこの回想では展開されている。また、そこでは最初は、荷風は黒の背広に黒のネクタイ、長身、白皙の面長、髪はオールバックになでつけたよき紳士として登場している。そして同行の改造社の編集者が名刺を出して名乗り、雑誌のために吉屋を伴った旨を告げると、「長身を折るように丁重にお辞儀を賜わり」、編集者が一緒に写真をと頼むと、「意外なほど素直に、観覧席に私（吉屋）とならんでカメラにはいり」……、という具合なのである。

でも、吉屋は当時は雑誌「改造」には、丁重なお辞儀を「敬遠の礼」と書いているというから、いくらかはよそよそしさが感じられたのであろうが。

このへんに『日乗』の記載は全面的に信じきれないという酷評が生じ、荷風がいかに面従腹背の嫌な人物であることかと、その人格へのきびしい論難が語られるゆえんがあるのであろう。それはそれとして、荷風さんは女の作家嫌い、とすることは間違いのない推理であるとおもうのであるが。

もっとも、君の推理は誤っているよ、林芙美子も吉屋信子も美人とは到底いいかねる、荷風は美人好きに徹しきった男だからね、という声もいくつかあった。

＊6　昭和二十五年が明けて、ロック座入りびたりの荷風さん、とみに日記の記載は短

くなるなかで、至極楽しそうに毎晩を過ごしている、それだけは記すのを忘れない。

「……夜ロック座女優等と広小路裏杯一に飲む。談笑興あり。酒甘し。帰途月よし。」（四日）

「……晩霞燦然。錦糸堀よりバスにて浅草に至る。ロック座終演後園はるみ櫻むつ子等と再び杯一に飲む。猥談百出。酔うてかへる。」（七日）

「午前雨やがて雪となりしが、須臾にして歇む。燈刻ロック座。帰途風烈し。」（十日）

風雪烈しかれどもなんのそのである。爺さん、このハッスルぶりは、あるいは左の事実の刺激をうけたるせいに非ずや。すなわち前年の十二月二十一日の『日乗』である。

「寒雨午後に歇む。新聞記事に鹽谷温氏七十二歳にて卅七歳の後妻を迎ふと云。老健羨むべし。」

漢学者の塩谷温氏が芸者を後妻として迎えいれた話。オイ、大丈夫なのかな、なんて卑猥な会話を友と交わした覚えもある。で、ほとんど世情には無頓着な『日乗』でこの一行を見出したときには、腹をかかえて椅子から落ちそうになった。とくに「羨むべし」の一語には千鈞の重みがある。さすがの荷風さんの旺盛なるヴィタ・セクスアリスもすでに老朽化ということか。せいぜい踊り子と猥談に興じているばかり、とは。ああ。

＊7　荷風の菊池寛嫌いはほんとうに凄まじいものがあった。『つゆのあとさき』に登場する清岡の、作家にしていろいろなことに手を出す事業ぶりなんか、「文芸家協会」やら「劇作家協会」やらを設立し、「文学報国会」で活躍する菊池への当てつけ以外の何物でもないように思えてならない。『日乗』にもここかしこで菊池が槍玉にあげられている。

「菊池は性質野卑奸猾、交を訂すべき人物にあらず」（大正十四年九月××日）

「酒館の女給仕人美人投票の催あり。……投票は麦酒一壜を以て一票となしたれば、一票を投ずるに金六拾銭を要するなり。菊池寛某女のために百五拾票を投ぜし故麦酒百五拾壜を購ひ、投票〆切の翌日これを自動車に積み其家に持帰りしと云ふ。是にて田舎者の本性を露したり」（昭和四年四月五日）

いやはや。

第六章

もはや〝女〟に未練はなし——昭和二十七〜三十年

●文化勲章受章のあとさき

昭和二十七年十一月三日に、七十三歳の荷風は文化勲章を授けられた。文部省（現・文部科学省）大臣官房人事課長の十月二十七日付け書状によると、「貴台には多年わが国文化の発達のために貢献され、その勲績の顕著なゆえをもって」というのが授章の理由である。もう少し叮寧に書けば、「温雅な詩情と高邁な文芸批評と透徹した現実観照の三面が備わる多数の優れた創作を出し江戸文学の研究にも新分野を開き外国文学の移植に業績をあげるなど近代文学史上に独自の巨歩を印した」（読売新聞・昭27・10・21夕刊）ゆえに、というのである。

さっそく東京新聞十一月六日の匿名批評「大波小波」（署名・浅木夢三）が冷やかしている。だいたい文部省の小役人が、十年も後輩の志賀直哉や谷崎潤一郎より後回し〔ちなみに御両所は二十四年に受章〕にしたのは可笑しいのだ、と一発かまして、以下、

「おそらく芸術院もことわった荷風はきっと文化勲章もことわるだろう。自分たちがやるようなつもりでいる勲章にケチをつけられてはたまらぬというのは、官僚根性からすれば当然の理屈である。しかしこれが単に荷風のポーズにのせられた文学の半可通の妄想にすぎぬことが今度の荷風の行動でハッキリした。荷風は元来明治の良家の子弟である。……だから彼は勲章もすきだし、でるところへでればそこらの役人などよりずっとエチケットも知っている。そういう簡単なことが見抜けなかったのは、役人たちに自信がないからである。……」

その痛烈さで毎日読者を唸らせている覆面子の紙つぶてだけあって、なかなかに穿ったことをいっている。

それにつけても当時、荷風さんにも文化勲章を、の声はそれなりに高く、文部省の優柔不断を難詰する文壇的気運はかなり強かったらしく、朝日新聞の「天声人語」子もそれとうかがえるような記事を書いている。

「〔候補者に〕こんども永井荷風氏は含まれていなかったそうだ。荷風散人の一風変った私生活や例の『四畳半』式の作品が、官僚の目には文化の風上に置けぬと映ずるらしい。ところが選考委員の間から、独創的な足跡を文化に印した人は尊重すべきだとの意見が強く出て、永井氏も谷崎、志賀、正宗氏らのあとを追って選に入ったといわれる」

思わずホーと思う。ごく一般的には知られざる影の選考委員の工作というか、頑強な主張がすこぶる有効であったのか、とこれで察せられる。事実、『中央公論社の八十年』に、種明かし的な裏話が残されている。荷風さんに勲章をあげたいと考えた委員とは、「昔の弟子」久保田万太郎であったという。ところが、当時は大物の万太郎さんもさすがにちょっと考えたらしい。

「万一荷風にことわられるようなことがあっては、勲章の権威にかかわると、あらかじめ嶋中鵬二をつかって偵察させることにした。しかし、荷風の天邪鬼は徹底していた。世間がきっと荷風はことわるだろうと思えば思うほど、もらいたくなってくるのである」

嶋中鵬二とは、父雄作が二十四年一月に亡くなったあとなりたての若社長。社にとって財産の荷風に親しませ結びつけるためにも、この「偵察」は絶好の機会ととらえられたようである。それにしても、荷風さんが受章をＯＫしたのは「天邪鬼」のせいである、とは、「大波小波」とは異なる独特の断定といえようか。この『八十年』を書いたのは作家杉森久英氏である。何事も皮肉たっぷりに眺めることが好きな杉森さんらしいや、と氏を知るわたくしは思わず微苦笑をうかべてしまう。

ところで、荷風は久保万さんの尽力を知っていた。小門勝二氏が『実説荷風日記』にこんな荷風談話を書きとめている。

「受章については久保田君が骨を折ったんだろうね。ぼくは昔、慶応義塾文学部で先生をしたことがあるし、そのころの学生が立派な人になっているからね。(略)ぼくが文化勲章をもらうにふさわしい本があるとすれば、それは断腸亭日乗四巻かも知れませんよ」

ただし、小門氏ひとりしか聞いていない感想なんで覚束ないところが多々あるが、荷風は案外と正直に本心を語っているのではないか。よくいわれるように勲章とともに下付される百万円のためでも、天邪鬼のためでもなく、『断腸亭日乗』こそがわがライフワーク、どんな栄誉や勲章をうけようとも、どうして恥ずべきところあらんや。この自負と自信である。ここに荷風の本音があったとわたくしは見る。

みずからの編纂方針による『荷風全集』全二十四巻は、まさに完結直前であり、しかもその一部を発表したことはあるが、延々と書きつけてきた『日乗』の全容は、いま初めて刊行されたばかり。

第十九巻(大正六年~昭和三年)二十六年七月二十五日刊

第二十巻(昭和四年~昭和九年)二十六年十一月二十五日刊。

第二十一巻（昭和十年〜昭和十四年）二十七年二月五日刊。
第二十二巻（昭和十五年〜昭和二十年）二十七年四月二十日刊。
世に出たばかりのこの四巻にたいして、勲章を貰うことに、どうして不可思議なことやある。恥じ入ることなんかない。江戸っ子としては、それでハシャグようなはしたないことはしないものの、心のうちはひそかに自祝するところがあったことであろう。

それともう一つ、荷風さんのフランス文学大好きということを勘案しておくことも大切である。フランスの文学者は栄典や勲章にたいして決して冷淡ではない。たとえばいちばん歴史の古いアカデミー・フランセーズである。その会員に選ばれるために、フランスの文学者たちはみずから立候補して、血眼になって互いにあい争う。そしていったん会員に選ばれようものなら、おのれの文章の署名にアカデミー会員と書くことを忘れることはないのである。フランスの文学事情とは大分違うが、あっちを眺めこっちに戻す荷風さんの視線のなか、日本の戦前からの文化勲章にたいして、アカデミー・ジャポネーズといった由緒正しさを感じることがはたしてなかったかどうか。大した理由はないのであるけれども、わたくしはそれがあったように思う。

余計な談義はこれまで。このころの日々の記述つとに簡略化していくなかで、『日乗』の勲章のくだりはかなり克明に記されている。

「十月廿一日。晴。午後毎日新聞記者小山氏来り今朝文化勲章拝授《〔ママ〕》者決定。その中に余の名も見ゆる由を告ぐ。東京新聞読売新聞経済新報其他の新聞記者も来り写真を撮影す。夕方出でゝ京成電車に乗らむとする途上中央公論社島中氏高梨氏宇野氏自働車にて来るに会ふ。宇野氏は文部省社会教育局芸術課長なり。一同浅草公園に至り天竹にて晩餐を喫す。」

「十月廿五日。陰。正午島中氏高梨氏来話。島中氏洋服モーニングを持ち来りて貸さる。来月三日余が宮中にて勲章拝受の際着用すべき洋服を持たざるを以てなり。」

さきの二十七日付けの文部省のお役人からの書状には「当日の服装はモーニングコートあるいはこれに準ずるものにお願い致したく存じます」とある。嶋中社長はそれに先んじて手配したものとみえる。出版社の社長は作家にたいしてこれくらいの親身と気配りがなくては勤まらぬ。楽ではないな。

これを補ってさきの『中央公論社の八十年』をのぞくと、「受章当日、嶋中雄作の遺品であるモーニングを借り着した荷風は、宮内庁で日頃きらいぬいている新聞記者たちを前にして、愛想よく応対しながら、／『これからは、かたいものを書きます』／

と、ごく神妙な感想をのべた」とある。

なお、新聞記者に語った感想は、このあとさらに「浅草物なんか書かないようにしますよ」というのがくっついている。ともかくこの受章当日、十一月三日の『日乗』は、朝八時のお迎えの車にはじまって夜山王下の八百善での晩餐会まで、ほんとうに長々と書かれているが、写すのはやめて、翌々日の五日に飛ばす。

「終日雨。夜浅草。ロック座ニ長松倉氏女優踊子二三十人を逢坂屋洋食店楼上に招ぎ余が文化勲章拝受の祝宴を張る。」

朝日新聞が報じたこの夜のパーティでは、女優踊子たちに囲まれて、荷風さんはご機嫌この上なかった模様である。

「この夜アグネス台風のあおりで降り出した雨をおかし、ベレー帽に古コート姿で約束通り現れた『先生』は、ストリップ嬢たちから『おめでとう』『勲章バンザイ』を浴びたが、『もうエンコに来ないかと心配しちゃった』という彼女たちに、『やっぱり来るよ』と、去る三日、授章式直後の『勲章声明』――浅草などには行かないことにする――を取消してニコニコ」

以下、『日乗』には何やらかにやら祝い事の数々がつづくが略とする。全体を見渡すと、結構、爺さん、嬉しがっておるわい、とそんな感じが行間から滲みでている。

ただし、その後に荷風さんは勲章をどうしていたか、といえば、新聞紙にくるんでそのへんにほっぽり出したまま、ほとんど見向きもしなかったそうな。

最後にもう一度、「大波小波」の結びの部分を引く。

「(この受章によって)この偉大なスネ者の生涯が調和と大団円に近づいたと一まつの寂しみも感ずるのはぼく等の勝手というものである。荷風さん、おめでとう。そして御身体を大切に」

わたくしもこれに声を合わせて、心からおめでとうを申しあげたい。

●「コロンブスの卵」

新聞記者にたいしては「これからは、かたいものを書きます」と語った荷風であるが、その一年後に「中央公論」誌のために久しぶりに書いた小説は、文化勲章どこ吹く風。短編「吾妻橋」のヒロインは橋のたもとにたたずみ人の袖をひく闇の女である。そこがまた、こたえられないところで、やっぱりわれらが荷風さんなんである。

しかもそのための取材たるや、昭和二十四年の、「春情鳩の街」が大都劇場で初演されていたころ。『日乗』にある。浅草の地下鉄の入口で、一服しようかと佇む荷風に、街娼のひとりが近づいてきて、煙草に火をつけてくれ、「あなた。永井先生でせう」と言う。

「どうして知つてゐるのだと問返すに新聞や何かに写真が出てゐるぢやないの。鳩の町も昨夜よんだわ。わたし此間まで亀有にゐたんです。暫く問答する中電車来りたれば煙草の空箱に百円札参枚入れたるを与へて別れたり。」

これが六月十五日。さらに十八日になると、また地下鉄入口で、

「独電車を待つ時三日前の夜祝儀若干を与へたる街娼に逢ふ。」

そこで荷風さんはさっそく身許調査にかかる。年のころは二十一、二で、悪ずれせずに答えなかなかに可憐な女であったらしい。

「その経歴をきかむと思ひ吾妻橋上につれ行き暗き川面を眺めつゝ、問答すること暫くなり。今宵も参百円ほど与へしに（略）不幸なる女の身上を探聞し小説の種にして稿料を貪らむとするわが心底こそ売春の行為よりも却て浅間しき限りと言ふべきなれ。」

なんて、殊勝なことを書いているが、この夜橋上で夜の女の身の上話は残らず聞いてしまったらしい。さらに後日譚があって、二十五日には、吾妻橋あたりで街娼狩りがおこなわれるのを見かけ、「橋畔の派出所を窺ふに過日余に話しかけし女の姿も見えたり。」という次第。これじゃ構想を少しふくらませて、小説にしたくなってくる

というものである。

ところで、『荷風思出草』(毎日新聞社)という本に、日記とちょっと違うことを、荷風さんは得々として語っている。

「……『吾妻橋』の女だつて、あれは宿屋なんかに連れていつて泊まらなくつたつて一応懇意になれますよ。ものを食わせるだけでいいんです。向うはおなかがへつているから……。」

「……ビールを飲ましたり、飯を食わせたりするんですよ。ちよつとのあいだで、一時間千円なら千円やるのはいやだからさ……。」

人の世のごとく絶えず流れる川面を眺めつつ、そして三百円、なんて『日乗』にはいくらか小説風に書いているが、さてはロマンチックにこしらえたなと思いたくなる。やっぱり聞き出すためには、われわれ同様に一杯飲ませて、がいちばん有効らしい。ただし、例の。印はいずれの日にもつけられていない。

さて、こうして仕込みも十分に書かれた短篇「吾妻橋」である。『日乗』の二十八年十二月十二日に「短篇『吾妻橋』脱稿」とあり、街娼との交流から四年有余の時の過ぎ行きがあって、満を持して、の期待がある。それにしては尻切れトンボで面白くない。身寄りをことごとく失った「円顔の目のぱつちりした」道子が、橋のたもとで客をとり懸命に金を稼ぎ、松戸の寺に父母のため墓を建てることを頼んで、金を置いてくる。翌日、稼ぎ場の橋へ出ていくと、昨夜は警察の手入れがあったという。道子は坊さんの言うとおり、親孝行をしていると災難にあわず運が良くなると思う……。「吾妻橋」ばかりではない、このあとの、バーのホステスが主人公の「日曜日」(二十九年四月脱稿)も、老日本画家となじみの女の再会を扱った「心がはり」(二十九年十月九日脱稿)もすべてご同様。いずれも玄関に入って脂粉の香を嗅がされたところで、奥座敷へ通されず追い出されたような、味もそっけもない作品である。

それに戦後の荷風作品から、ゆるやかに推移する季節感がなくなってしまっていることに、心底がっかりさせられる。しっとりと日本の風土が匂い立つような、荷風独特の自然描写が読みたいと思うのに、宗旨替えしたように消え失せている。まったくの話、風情のないことおびただしいものがある。

で、そんな短篇ばかりを読まされると、石川淳さんのあまりにも有名な酷評に賛意を表したくなってしまう。「おもへば葛飾土産までの荷風散人であった。戦後はただこの一篇」で、ほかは「小説と称する愚劣な断片」であると(「敗荷落日」)。

いや、荷風贔屓としては石川説ではなくて、荷風亡きあとの追悼号の「中央公論」(三十四年七月号)に載った、かの卓越した吉行淳之介さん「抒情詩人の扼殺」の論考のほうを断然、採用したくなってくる。友人の大学教授の説として、吉行さんは紹介する。

「彼は〔荷風は〕、戦後はほとんど猥文しか書かなかったのではないか。そして、導入部だけを活字にして発表し、それから後につづく部分、丹念に毛筆で書きつづられた部分は、筐底《きょうてい》深く蔵《しま》いこまれているのではないか」

そして、吉行さんはこの大学教授の説から「コロンブスの卵を思い出した」と感嘆し、「もしそうだとすると、猥文の導入部を文学と扱ってあげつらう批評家の言葉は、荷風のシニカルな笑を誘うのに、まことに恰好な材料と言わなくてはならない」とこれまたシニカルに書いている。

なるほど、なるほど、と思って読むと、「吾妻橋」でも初めの方に、道子が小岩の私娼窟にいたころの客に出会って旅館にくわえこむ場面がある。ウム、ここだなと察しはつく。「日曜日」も当然レズの濃厚なからみが展開されるはずだし、「冬日かげ」も老画家が女の電話番号をきいて再会を約しているから、いずれムニャムニャに行きつくに決まっている。でも、すべては筐底深く蔵されたままである。

「これからは、かたいものを書きますよ」というつまらぬ一言など厳守する必要などどこにもないのである。荷風さんは律儀な人と承知しているが、まったく、いやはや、と浩嘆するほかはない。

●ラジオ出演の不思議

昭和二十八年一月六日、中央公論社の嶋中鵬二社長を聞き手として、荷風さんの声がラジオから流れ出た。そして、それが録音されたのは前年の十二月二十六日のことという。ただし『日乗』ではきわめて素っ気なく書かれている。

「晴。午後五時島中氏と共に山王下八百善に至り放送局ゝ員と晩餐をなす。帰途銀座マンハツタンに飲む。高梨氏また来る。」

いま考えると、あれほど毛嫌いしていたラジオにご出演とは、といささかびっくりさせられるが、当時、かなり前宣伝もあったし珍しくもあったのでリアル・タイムでその放送をたしかに聞いたと記憶している。荷風さんの声が想像以上に若々しかったこと、そしてかなりべらんめえ調であったように覚えているけれども、話の内容については完全に忘却の彼方にある。

ところが、その嶋中さんが亡くなって、雅子夫人が追悼して編んだ『日々編集——嶋中鵬二遺文集』（非売品）という立派な本が手元にあり、そのなかに「青春を語る」と題して荷風さんと嶋中さんの対談が収められている。二十八年三月号の「文藝」に掲載されたものらしい。時期的にみてもこのとき第一放送で流れ出たものが活字に起こされたのではあるまいかと思われる。それで興味深いところを二つ三つ書き写してみる。

「――（若い頃、先生は）いろ〳〵職業替えをなさいましたけどね、何が一番面白うござんしたか。

永井　小説家が一番嫌だな。やっぱり勉強しなければならないから。

――何が一番楽しみでござんすか。

永井　なになんかいいですね、歌舞伎座の裏は。よかったなあ。そんなに上になるってことないからまあ、なれそうもないから。幕の拍子木なんか打ったり稽古をして、しばやの役者の黒いものを着て役者のうしろにくっついてますね。あれはやらなけりゃならないんだからあの修行中は。外へ行きゃあんた、しばやへ出てるっていうんでもてるしね。それで責任はないし、あのしばやはなか〳〵よかったですよ」

「――先生（女に）興味がなくなったのはいつごろからですか、御自分が乗り出す。

永井　去年の夏ごろから。

――去年の夏ごろですか。（笑）

永井　七十を越したら止そうと思っていたけれど、だからまあそんなもんじゃありませんか。去年の夏ごろからもう自分でやることは……。

——で先生、文化勲章をおもらいになった時に、七十を越したらわしは世間と仲よくしてもいいっておっしゃいましたね。

永井　だからそういう女の方の興味はなくなるしさ、自然に。それから年もとるし、だから下さるものならいただく、というのがほんとうの真相だな（笑）。作物なんかもう出来ないでしょうそんなに。（……）」

「——五日の浅草の（勲章受章のお祝い）招待というのはだれが招待したわけですか。

永井　ありゃまあ芝居の人と、しょっ中ぼくが連れて歩く踊り子とが招待したんですよ。

——いくらか出し合ったんでしょうか。

永井　そりゃまあ後で座主が出しますよ。だけど表向きはまあみんな女の子が、先生来て下さい、来て下さいということはいってたから。まあサンドイッチだけだものありゃ。テーブルが並んでいるといったって、なんにもないんですもの。一時間ぐらいのものですよ。ビールとサンドイッチだから。出せないことはないんですからね。

——先生浅草を少しおあきになったんじゃありませんか。

永井　そりゃなにが少し変って来たから。あの中の出しものが。だん〳〵日劇へ近くなって来たから、だからせんみたいに面白くないですよ」

ところでこの放送後のことである。全集の月報に片桐顕智氏〔歌人・NHK放送文化研究所長〕がはなはだ愉快なことを書いている。放送直前の一月三日にいくばくかの謝礼をもって荷風宅を訪れたところ、居留守をきめられて会うこともならなかった。そればかりではなく、なんと、やがて出た「中央公論」三月号の「漫談」と題した一文で、荷風にくそみそにやっつけられたというのである。

「……〔嶋中さんの勧めでしゃべったら〕NHKの係員は何時でも録音するのはわたくしが喜んでゐると思つて、その後は絶えずやつて来る。或時は朝七時頃に来て門を叩く。甚迷惑である。今後も時を選ばずにやつて来るのだらう。一体今の人は手紙で書けば分るのに、時間構はずに人の住宅を騒がしに来る。思ひやりのない此の行動。これが現代人の特徴の一ツだらう。」

これは著作集『裸體』よりの引用であって、雑誌に載ったときのものはもっと手厳しかったらしい。片桐さんが回想する。

「記憶に誤りがなければ、水をぶっかけてやったといった調子のものであった。……先生は、よほどお腹立ちだったのか、被害妄想に囚われておられたのか、ラジオが芯から嫌いだったのか、凡人には推し測ることができない。/しかし、凡俗を嫌い、独自の世界を楽しんでおられた先生であるから、『漫談』を読んでも、腹が立つどころか微苦笑するだけのことである」

わたくしもよく知る亡き片桐さんは穏やかな紳士であった。で、微苦笑ですましようであるが、それこそ凡俗のものであったら、折角お礼にうかがったのにぶち切れるような悪態を浴びせかけられ、何だ、クソ爺めと、カンカンになるところであろう。

こんな裏話のあったことをとんと存じなかった当時は、やや高い声調の荷風の放送を聴きながら、文化勲章を貰って、さすがに狷介偏屈の爺さんもやっぱり人の子、かなり気分をよくしているんだなと思っていた。「これからはもう少し世間と仲良くしてもいい」なんて、どうして殊勝なことをおっしゃっているじゃないか。よし、こんど浅草の「峠」で会うことがあったら、いっちょう話しかけてみようか、なんて甘いことを考えていた。もしそんなことをしたら、それこそ水をぶっかけられたかもしれない。なにせこっちは荷風さんが嫌う文藝春秋の社員になったばかりであった。桑原桑原。

結局は、あれほど毛嫌いしていたラジオに出演したのも、「世間と仲良くしてもいい」と思ったからではなく、文化勲章受章にさいして蔭にあって嶋中社長が奔走した、それを大いに多とし、そのお礼のための超特別サービスであったのである。荷風さんは江戸っ子で律儀なんであるな。

●「小林愛雄」との初顔合わせ

前項の嶋中さんの遺文集『日々編集』に関連して、ちょっと興味をそそられたことを書く。昭和二十七年十二月十二日の『日乗』である。嶋中さんと一緒に、荷風は日比谷映画劇場で映画「別離」を観てから晩餐をともにし、二次会で軽く一杯することにした。

「……銀座のバーマンハッタンに飲む。初て小林愛雄氏に会ふ。」

ここに出てくる「小林愛雄」とは何者なるか？　いままで探索の突破口もなかった。それが嶋中さんの遺文集で判明した。なんと、評論家小林秀雄であるというではないか。しかも、嶋中社長の巧みな細工による邂逅であったという。

「小林秀雄先生がマンハッタンに現れたのは決して偶然でなく、私の仕組んだ予定の会見だったのである。小林先生は長者に対して礼節を尽す方であるから、その夜は大変控えめでただ『先生、随筆を書いて下さいよ。随筆を』と繰り返されるばかりであった。荷風先生はにこやかに『ええ、ええ』と軽く受け、あとは女給さんをまじえて最近の映画の噂話に興じておられた。小林先生はおでん屋までつき合ってから鎌倉へ帰られたが『あんなことをしょっ中やっておられるのかね』としきりと呆れたり感心したりしておられた」

折角のただ一度の出会いも遺文集ではそれでおしまいである。そうであればあるほど、ここは一番、推理を働かせてみたくなる。小林秀雄が「随筆を、随筆を」と繰り返しただけではなく、もっとしつっこく口説いたのではあるまいか。とそう思うのは、銀座裏の小料理屋「はせ川」で、酔っぱらった小林秀雄が若い作家を相手に、頭ごなしにやっつけているのを、しばしば遠くから眺める機会が編集者時代にあったからである。「礼節を尽す方」であると言い条、中途半端な物言いで済ますはずがなかろう、と……。

「私はネ、あなたを現代随一の文章家と思っておりますぞ。最近の、あの『葛飾土産』は実にいい。真間川の流れをたどって歩く文章がすばらしい。……ああいう文章は誰にも書けぬ。そう、あの文章でもよくわかる様に、あなたの文章には、長年鍛えに鍛えた観察という筋金が太く通っている。そこだ。それが大そうな魅力なんですな。……たとえば、ですな、昔の小説『ひかげの花』だな。あれは執拗に見る人の作品なんです。そのへんにいる分析家や心理家の作ではない。（ウィーッ）それと、どんな作品だろうと、人生観がよく現れている。それは、ですな、ひかげの花のように暮らしている人々への、あなたの強い共感というものですな。真間川という世人から忘れられた凡庸な川の流れをたどって……孤独な散歩をするように、あなたは人生のひかげの花を摘むのです。教養や文化や余計な智恵なんてものは、人間の本質を覆い隠してしまうものだ、という見方、いや、確信だ、それは立派の一語につきます。

世人は先生を変人だと思っている。私は騙されません。世人にはそう思わせておく。こんな都合のいいことはないと。ハハハ、愚かな世評に隠れてほくそ笑んでおる。そうに違いない。とにかく書いて下さいよ、随筆を。……いいですか、随筆を（ウィーッ）」

たいして荷風が、これに「ええ、ええ」とだけで応じていたことは間違いがない。にこにこしながら。ただし、相手にする気のなかったことは、日記に姓名をわざと間違えて書き残すあたり、まことに明瞭である。

ちなみに、ここに書いた口説きの文句は、小林秀雄氏の評論「ひかげの花」（昭和二十六年一月、『小林秀雄全集8』所収）を換骨奪胎したものである。あるいは荷風さんもすでに読んでいるものであったかもしれない。

●ある独裁者が死んだ日

　占領下にあろうが独立しようが、知ったことではない毎日である。ましてや冷戦下の世界の動きなんかおよそ我不関焉《われかんせずえん》なのである。そんな『日乗』の記載のなか、昭和二十八年三月六日、この一行がポツンと書かれていることにいささか面食らった。

「晴。夜浅草。新聞紙スターリンの訃を伝ふ。」

大学を卒業し雑誌社の編集者になった直後のこのニュース、とにかくわが脳漿に深く刻まれてよく覚えている。

三月一日の夜、モスクワからの放送はスターリン首相が脳溢血で倒れたことを静かに報じ、最高に優秀な医師九人が治療のためクレムリンに招かれた事実と、医師の名をはっきりと告げた。さらに公式発表によれば、五日午後九時十分、ありとあらゆる権謀と詐術と圧力とを駆使して、ユーゴスラビアをのぞいて、東欧諸国をおのれが膝下にひざまずかせた希代の独裁者にしてならびなき権力の大魔王は息を引き取ったということになっている。享年七十三。日本の、いや世界中の新聞はいっせいに特大の活字でこれを報じたのである。さながら世界的なお祭りのように。それで荷風さんの目にも否応なしに飛び込んできたのであろう。

　毛沢東からソ連最高会議幹部会議長あてにメッセージが送られた。

「スターリン首相の死はソ連人民だけではなく、中国人民、全平和・民主陣営および世界の平和愛好国民にとって耐えがたい損失である。……」

そして北京の新聞は黒ワクをつけて哀悼した。毛沢東は全国民に三日間半旗を掲げ、宴会、娯楽を停止することを命令した。

フランスでも国防省の命令で半旗が掲げられ、国会は起立して、協同してナチスに対する勝利をもたらした〝英雄〟の死に一掬の涙を送った。英国でもカナダでもそうであった。この場合、政治的抗争は別問題とした。

しかし、朝鮮半島では、なお激しい戦闘をつづけているアメリカ軍は、東側諸国の軍隊が共通して行った五分間の黙禱のとき、かまわず一斉砲撃の膨大な弾丸を打ち込んできたのである。米ソ両大国はそれほど憎しみ合っていた。

さてさて、こんな騒々しい話もいまになってみると、夢物語のように彼方へと消え去っている。それにスターリンがはたして脳溢血で倒れたのか、疑問符がついている。病死に非ず、かれの側近の、かれを怨む誰かによって毒殺されたのか、実は判然としてはいないのである。

愛娘スベトラーナが死の瞬間をこんな風に描いている。

「最後の十二時間には、酸素の欠乏が昂進していくのが、もうはっきりと見てとれた。

顔が黒ずんで、人が変わったようになり、その輪郭からもしだいになじみの面影が消えていき、唇が黒くなった。最後の一、二時間は、要するに、人間がゆっくりと窒息していく過程だった。断末魔の苦闘は恐ろしいばかりだった」

はたしてこれが脳溢血の死に方なのであろうか。

荷風さんがたった十三字しか書いていないことに、それを離れての余計な長談義であった。これも歴史探偵を自称しているものの道草と、ご海容ありたし。

●紛失二千万円の手さげ袋

二千万円も入った手さげ袋を紛失したという〝事件〟が、新聞を賑わしたのは、昭和二十九年四月二十七日のこと。ただし、大騒ぎの原因は盗難そのものではなくて、その貯金額の大きさ、そしてその大枚を平気で持ち歩いていることに、新聞記者につづいて一般の人々がびっくりしたものであった。その直後の、四月二十八日付け東京新聞「大波小波」から、そのことにふれた部分をちょっと長いがそのままに引用する。

「□……永井荷風が二千万円の貯金通帳入りの、小型ボストン・バッグを電車の中で盗まれた。盗んだ奴が、現金がはいっていなかったのでほうりだしたのを、拾った米軍の軍曹が警察に届けに行ったが、所有者が有名作家ときいて、『日本の法律では、お礼がもらえるそうだから、おれは大金持になれる。そんなエライ作家なら直接手渡す』と、警察から持って帰ったが、荷風は手回しよく、取引銀行に盗難無効の届けを済ませ、新通帳をもらっていたという話が、新聞をにぎわしている」

短く要領よく、客観的に、かつ正確に、これはこのちょっとした騒動を伝えている。匿名氏はなかなかの腕前の持主と判定する。

当時、この新聞報道をみた瞬間に、オッチョコチョイのわたくしなんかは即座に、浅草に出掛けるときなんかに抱えている買い物籠のなかに、荷風が二千万円近くの現金を入れて持ち歩いている、と判断した。いや、多くの人が同様に勘違いしたのではなかったか。名うての奇人作家、誰いうともなく希代のケチでその令名が通っている。であるから、その高額にへェーと唸ると同時に、さもありなんと少しく安心するところもあった。ちなみに出版社員となって当時二年目のわたくしの月給は一万三千円であった。もって二千万円が目を瞠る額であることはご理解願うことができよう。

事実は、「大波小波」のいうとおりであり、現金は五円玉二個だけ。いつもながら他人様の懐に関する詮議だては恐縮ながら、それを承知で書いてみればあとは左のとおり。

一、文化功労年金証書額面五十万円

一、三菱銀行日の出定期預金証書額面三百万円二枚
一、同額面五百万円一枚
一、千葉銀行預金通帳額面二百十万二千六百十五円
一、三菱銀行預金通帳額面三百四十四万五千五百七円
一、鐘紡配当金証書額面四百二十三円

それに富士アイスのジャム缶一個、マッチ、風呂敷など、これで全部である。
『日乗』の〝事件〟前後の記載を長々と原文を引いてみる。一行か二行の記載のつづくなかで異彩を放っているし、また、いかにも荷風さんらしいところがマザマザと出ていて、わたくしにはこよなく楽しく読めるからである。

「四月廿五日。日曜日。晴。午後相磯氏来話。燈刻有楽町フジアイス食事。帰途電車内にて手革包を遺失す。」

「四月廿六日。晴。午後八幡三菱銀行支店に往き昨夜紛失せし預金通帳及び日ノ出貯金証書の事を届出で三時過中央公論社に至る。五時頃フジアイスにて相磯氏に会ひNCC社試写室にて同社製作の映画を見る。島中高梨氏も同道なり。島中氏余等一同を洋食店プリュニエーに誘ひ晩餐を饗せらる。食後一同銀座七丁目のバアマンハッタンに少憩し十時過に帰る。」

「四月廿七日。雨霏々。午前九時巡査来り一昨夜電車にて余の紛失せし手下げ革包は米兵之を拾ひ木更津警察署に届けたる趣なれば同署に赴かれたしと言ひて去れり。正午電車にて千葉に至りそこより町の自働車を走らせ木更津警察署に至り署長に面会す。午後二時なり。余の手革包は米国空軍駐屯処に在る由。巡査の案内にて駐屯処に至る。広大なる兵営なり。兵営内の一室（事務所らしき一室）に案内され係の役人に面会す。日本人の通訳あり。余の手革包を拾ひ取りたる一米兵を連れ来り事情を説明し役人らしき米人金庫の中より余の革包を取出して余に手渡しせり。余は予め用意し置きたる礼金（五千円）を米兵に贈り、門外に待たせ置きし自働車にて千葉の停車場に帰り来りし時は午後四時なり。千葉木更津間の道路は海辺に沿ひて走る。海は沼に等しき泥海にて風景の見るべき処なし。雨も歇みたれば千葉より有楽町に至りフジアイスに食事して家に帰る。午後七時なり。」

大事なものを紛失したというのに、どうしてどうして落着いて万事を処理している。それというのも、かねてより相磯氏より、通帳と印鑑は別々にしておくべきこと、もし通帳をなくしたらすぐ銀行に電話をかけ通帳を無効にするよう連絡すること、などなどについて万一の場合の処置を教えこまれていたという。それをそのままに荷風さんは実行したまでなのである。それで翌日、フジアイスで相磯氏に会いその報告をし、ふたりしてヤレヤレと喜び合い、気を楽にして映画の試写を楽しんでいる。まさかそこに拾ってやったから大金持になれると思い込むようなアメリカ兵ルイス・ムサオ軍曹が登場するなんて思いもしなかった。

で、二十七日の記載は読んでわかるようにさながら抑えに抑えていた鬱憤をぶちまけるが如き、詳細にして、いともぶっきら棒のものとなる。時は金なりといわんばかりにいちいち時刻を記し、海辺の風景にまでいちゃもんをつけている。すでに反故同様の通帳である。それに礼金などとんでもないと思うものの、間に入ったのがその名を聞くだけでおぞましい警察署ではやむをえない。泣く子と何とやらには勝てないから、署長のいうままに金五千円の礼金を出さざるをえなくなる。これでは不機嫌を倍加するほかはないではないか。そして一件が落着すると、そもそものコトの出だしであった富士アイスまでわざわざ戻っていくなんて、まこと首尾一貫している。

昔もそうであったけれども、銀行の貸し金庫に預けておけばよかろうものを、それをなぜしっかり身につけて持ち歩いていなければならないのか、いまあらためて奇妙に思われないでもない。つまりは荷風さんの徹底した人間嫌いを語っていると思える。爺さんは人間というものをほとんど信用していなかったのである。もし信用している人があるとすれば、どれも皆すでにあの世にオサラバした江戸の文人たちだけであろう。となれば、いざというときに頼りになるものはなく、頼るのはお金で、ゆえに巷を彷徨するときにも全財産をしょって歩いている。荷風さんらしいといえば、これほど荷風さんらしいやり方はないことになる。

それにしても、一つ、つまらないことながら気になることがある。当時、千葉から木更津まで自動車を飛ばしたら、いかほどの料金がかかったものか。礼金五千円どころではなかったのではあるまいか。こんなことを気にするのはおのれのさもしい根性を語ることになるが……。

●昔のおんなが訪ねてきて……

なるほど、意味ありげな。印がところどころに付されてはいるものの、戦後の『日乗』を広げていて味気なさを感じさせられるのは、イロゴトがさっぱりというところである。浅草のストリッパー諸嬢には悪いが、所詮は食事の付添い、いわば刺身のつまというところで、こっちが勝手にゾクゾクとするような想像力を喚起したくなることがない。ああ、さすがの荷風さんも老いにけり、と悵然と涙を落としはべりぬ、という心境になる。

そのなかにあって、かのお歌さんよりの突然の来簡は特筆すべきことになろうか。

「晴。昭和の年初めの頃数年間三番町に待合を開かせ置きたるお歌といふもの今は石川県七尾市の旅館にて女中になり居れりとて突然新年の賀状を寄せ来れり。往時を思ふて悵然たり。終日門を出でず。」

昭和三十年一月四日の『日乗』である。

お歌さん、本名関根歌、荷風に関心のある人には説明不要であろうが、おそらく二度目の妻君であった芸妓上りの八重次を別にすれば、荷風さんが至極大事に思った一等の女性である。「生来気心弱く意地張り少く、人中に出で、さまぐ＼なる辛き目を見むよりは生涯かげの身にてよければ情深き人をたよりて唯安らかに穏やかなる日を送らむことを望」（昭和三年二月五日『日乗』）んでいるような、お妾さん気質満点の、荷風好みの女性である。昭和二年から六年まで、ほんとうに芯から献身的につとめ、荷風に「無限の安慰と哀愁」とをあたえた得難いおんなであった。

その彼女は、戦前は昭和十九年八月十七日の『日乗』のつぎの記載を最後に、この日まで完全に荷風の前から姿を消していた。

「晴。夜六番町のお歌来る。カマス干物一枚一円鯵干物一枚一円ペアス石鹼を貰ふ。九時その帰るを送りて我善坊崖上の暗き道を歩み飯倉電車通に出づ。十七年前妾宅壺中庵の在りし処なり。往時茫ゝ都《すべ》て夢の如し。」

明日の運命もわからない戦時下のこと、いまの別れはすなわち今生の別れかもしれない。年寄りはこういうとき往時茫々というほかはない。ところが、あれから十年余たっての思いもかけぬ遠い北国からの便り、お前さんも無事に生きておったのか、というところであったであろう。

荷風はさっそく筆をとる。

「突然新年の御たより拝見致しむかしの事を思出しました。お変もなくおくらしの事何よりもうれしく存じます。わたくしも此の春は七十七になりましたが幸に無事腹ぐあひもわるくありません夕飯の時にはきつと少ばかり酒のむやうになりました。先は御返事まで」

日付は手紙を貰ったその日の「三十年正月四日」である。そして宛名が「お歌さま」で、署名は「壮吉」。なかなかにいい手紙である。昔と違って腹具合はよく少々酒も飲むようになったとの消息には、能登和倉温泉の加賀屋で柳子と名乗って、売れっ子の仲居をしていたお歌さんも、しきりなる懐旧の情をかき立てられたことであろう。

また、この年の七月に毎日新聞社から刊行された『荷風思出草』という相磯氏との対談集で、偶然にというか彼女についての話題が出て、荷風は質問に答えて語っている。

「永井　あれは食べものをこさえるのがじょうずだから……。（笑）女が男にいちばんあきられないのは、食べものだ。あつらえてくるといっても、〔男が〕好きなものをあつらえて、朝、バターやなんか自分のところへ買ってあって、こっちがいわない先に、そういうことに非常に気がつくから……。だから……。

相磯　それで、これなら、自分の世話をずっとさせてもいいと……いうわけでしたか。

永井　ほかの女は、食べものなんか関係しないが、あの女は、いわゆる世帯持ちがいいわけだよ。」

その世帯持ちのいいお歌は、さらにその年の暮になって、一度上京し、お目にかかりたい旨の手紙を送ってきた。それにたいする荷風の返事も残っている。

「……赤いシヤツありがたう御在ます。電車は国鉄が便利です。京成電車は人力車も自働車もありませんから国鉄本八幡駅が便利です人力も自働車も拙宅まで百円です。本八《モトヤ》幡《ワタ》駅は千葉行で市川の一ツ先の駅です。十二時前後なればきつと家に居ります。……」

傍点も読みカナも荷風がつけたもの。優しく親切なこと、感服である。

話がここまでくれば、女が上京し、いそいそと訪ねてくることは必然の成り行きとなろう。そこで、この懐かしのご対面がさぞや情緒綿々、シッポリとしたものになるであろうと、野次馬的な想像を大いに張りめぐらしたくなるのも、これまた必定ならん。

ところが、拍子抜けもいいところで、書く張り合いがないこと夥しいものがある。と、慨嘆ばかりしているわけにはいかないからつづけるが、たしかにお歌さんは荷風を十余年ぶりに訪ねてはきた。それは三十年十二月二十日のこと。『日乗』にある。

「高梨氏来話。午後関根歌石川県七尾より上京中来り話す。一時間ばかりにて去る。」

ほんとうに『日乗』の記載はこれだけなんで、息も絶えんばかりの逢瀬、きぬぎぬの別れといった艶麗なる風情は微塵もない。それに「去る」とは何事なるか。これでは女がサッサと後も見ないで帰っていった、という散文的な姿しか浮かんでこない。まさか喧嘩別れしたんではあるまいが。

それに加えて、『荷風全集』月報にある関根歌の思い出の記「丁字の花」も、野次馬を心底ガッカリさせる。

「お目にかかるまでは、あれもこれもと、お話しすることが山ほど有るような気がしていたのですが、いざとなると、なんにも申し上げることが無くなってしまいました。ただ、昔はあんなに身装に神経質でした先生が、あんまりみすぼらしい服装をなすっていらっしゃるのにびっくり致しました」

こっちのほうもほんとうにこれだけ。以下は「昭和のはじめ、あたくしが待合を開かせていただいておりました頃の先生は……」と遠い戦前の思い出話と移って、こっちが期待しているいまの喋々喃々とは無縁となる。もっとも、荷風先生七十七、二十八違いのお歌さん四十九、固唾をのんで何事かを待ち望むほうがアホなのかもしれない。

さて、以上をもって折角のお歌との因縁話はすべて終り、となれば、まあそんなものかと納得できるところもあるが、世の中のことはそうは簡単に幕が下りない。納豆の糸ではないが、ややっこしくあとをひくのが人の世の常。書けば書くほど興冷めとなる話を、やむなくつづけねばならぬのである。このあと、いったん能登に戻ったが、翌年にまたこんどは東京でひと旗揚げるべく、お歌は上京してきたらしい。『日乗』でそれとわかる。

「……石川県七尾の旅館に働きゐたるお歌いつの間にか東京に帰り来り神田末広町に小料理屋を開店せし由一昨日手紙にて知らせあり。」（昭和三十一年三月十九日）

そして同月三十日、お歌はまた市川まで出向いてきた。
「陰。後に雨。正午お歌来る。小山氏来話。」
多分、開店の挨拶とともに「先生もどうぞご来店を」くらいの誘いをかけたものとみる。ところが、昭和三十一年は「戦後は終った」といい条、まだまだわれわれは貧しさから完全には抜け出してはいない。そう簡単に店を出したからといって千客万来は保証の限りにあらずである。で、『日乗』にはこんな記載が。
「陰。午後浅草。不在中関根うた来ると云。隣家の人のはなしなり。紙きれに鉛筆にて明夜田舎に帰る由しるされたり。」（昭和三十一年十月二十六日）
「晴。お歌来話。共に出で、余は浅草。お歌は立石に住める親戚の家を訪問すべしと云。四時頃余は家に帰る。」（昭和三十一年十月二十七日）
この素っ気ない書きっぷりはどうか。昔のおんなが旗を巻いてスゴスゴと能登へ帰るという悲劇のさなかにあるのに、一刻も早く別れたいばかりに、わざわざ浅草へ出かけたようなこの書き方。しかも、連日のように「午後浅草」であり「アリゾナにて食事」であるのに、地下鉄で行けば浅草からさして遠くない末広町へ、つまりかつての愛妾の店へ、一度たりとも訪れた形跡はない。歳月は人の風姿容貌を変える。それ以上に心を変える。去れるもの日々に疎し、サヨナラだけが人生よ、というところならんか。それにしたって、少々冷たすぎるあつかいであるまいか。

ところで、この昭和三十年にはもうひとり、昔馴染みの佳人が、突然に荷風宅を訪れてきている。三月十七日の『日乗』にそれとなく記されている。

「晴。晡下墨田公園散歩。合羽橋飯田屋に飰して帰る。玄関の戸口に名刺やうの紙片置きてあり。元新橋の妓山勇来訪のよし鉛筆にてしるしてあり。」

この山勇については前著『永井荷風の昭和』でいっぺん書いたことであるが、もう一度、簡単にくり返す。荷風さんが亡くなったとき、週刊誌記者をしていたわたくしは、多くの荷風さんをよく知る人たちに取材した。それで知ったのであるが、この山勇に荷風はぞっこん参っていたが、ついに最後までそれを口に出せない。つまり荷風にしては珍しいプラトニック・ラブの相手であったというのである。

さらに、戦後の、この訪問前後のことを巖谷槇一氏からも直接に聞いた。「実に楽しい話だったんですがね」と前置きがあって、六畳一間が空いているから、独りでは不自由であろうゆえ、来て一緒に老後を暮らしませんかと、実は山勇が荷風を誘った、というのである。そのための彼女の訪問であったが、生憎にも留守。それで数日後、巖谷さんが使者にたったという。山勇のこの申し出を聞いた荷風は、ふと昔日をなつかしむように遠くを見る眼をしていった。

「いや、よしましょう。もう動くのが面倒なんでね」

その顔には青年のような恥じらいがあった、という。巖谷さんは「江戸っ子らしくシャイな顔、あれが荷風さんのいちばんいい顔でね」といった。

その日は、おそらく三月二十日のことならんか。

「日曜日。小雨。巖谷撫象氏来話。晡下浅草。アリゾナにて食事。終夜雨。」

どんな想いで降りつづく雨音に耳を澄ましていたことか。荷風黙して語らず。撫象とは巖谷槇一さんの俳号である。風流な話の使者を風流な号でわざわざ記している。『日乗』の芸の細かいところである。そう、往年の名妓山勇も、ときに五十九歳であった。

第七章　「ぽっくりと死にますぜ」——昭和三十一〜三十四年

●昇らなくなった月

敗戦日本がつくったもっとも効果的な言葉は〝戦後〟であったといえる。すべての混乱や頽廃や虚脱はこの言葉で何とか説明がついた。しかし、いつまでも〝戦後〟に甘えてはいられない。旧態依然たる日本よ、さらば。むしろ小国としての新しい意味を認め、それを生かす新しい理想を求めようではないか……という勇気ある提言が、昭和三十一年の年頭発売の「文藝春秋」二月号に掲載された。東大教授中野好夫「もはや戦後ではない」である。その上に、同年七月発表の「経済白書」がこのタイトルを採用して大きく採り上げたことで、いっぺんに世に受け入れられ流行語にもなった。と、元気よく書きはじめてはみたものの、肝腎の荷風さんに話をつなげようとなると、政治・外交には背を向けおよそ世情とは関係がない毎日を送っているから、まことに困り果てる。われはわが道を行くのみ。荷風さん好きにはこの独往独歩は当然のことゆえ結構なんであるが、三十年代の『日乗』が読んでもさっぱり面白くないのには閉口してしまう。何だい、これは、と探偵眼を光らせたくなる刺激がまったくなくなり、闘志をみなぎらせて裏側を一つ探ってみるかという気が全然起きてこない。もはや戦後でなくなるとともに『日乗』は希代の文士の日記ではなく単なる老人の備忘録になった、と皮肉の一つも言いたくなっている。

昭和三十一年から翌年にかけて、毎日毎日「午後浅草」がつづいて、三十二年三月半ばからこれが「正午過浅草」となり、それも四月下旬から「正午浅草」となる。以下はとにかく亡くなる直前まで「正午浅草」のオンパレードである。そして、どうしたことか、ご機嫌さんのときにさし昇る「月」がちっともでてこない。たとえば三十一年でいえば『日乗』に月光が射すのは四回のみ。五月十六日の「雨歇まず。家に在り。夜に至り雨歇み空晴れて月出づ」、六月二十五日「雨。後に陰。午後浅草。夜月あり」、翌二十六日「晴又陰。午後浅草。アリゾナにて食事。夜月明」、八月二十四日「雨。午後浅草。雨歇む。月よし」。ああ、なんと、心いぶせき日々ばかりがつづいていたことよ。さらにご丁寧にも九月十九日「晴。午後浅草。中秋無月」と無念そうな一行が残る。それにつけても、『日乗』をみるかぎり、東京には雨降りの日が多いんだよなあ。

そして、三十二年の「正午浅草」からの、最晩年の荷風さんは、実に一日一日を規則正しく送ったようである。午前十時に家を出て、京成電車で押上へ。そこからバスか都電で浅草へ赴き、アリゾナか吉原近くのナポリかで朝・昼・夜を兼ねた食事をたらふく食った。一日一食である。そのあとはときにお汁粉を食べに梅園へ。そして午後一時ごろに逆のコースをとって帰宅し、戸締りをしっかりし、日記をしたため、すむと寝床へもぐりこむ。あとは読むか眠るかで一日を終える……。小門勝二氏が、こんなやりとりを著書に残している。

「先生、一日一食主義では、いわゆる口淋しいときがあるんじゃないですか？」

「年をとると、かえってそんなに食べたくなくなるものですよ」

「そういうことになると、生きるたのしみというものは何ですかね？」

「もう何もありゃしませんよ。毎日一回浅草まで飯を食いに出て、早く帰ってきて日記をつけてしまえば一日の終りです……」

つまり律儀に毎日毎日欠かさず日記をつけることがそもそもの生き甲斐になっている。『日記』あるために文化勲章を貰ったのだと一途に信じている」とも小門氏は書いているが、なるほど、そんなところかもしれない、と合点する。

その生き甲斐ともなった日記であるが、すでにふれたように殺風景で味気ないのもいいところ。さっさと夕刻に寝床に入ったのでは、過去にはあれほど楽しく眺めた、虚空にさし昇る月も出ようがない。三十三年の『日乗』では月の出は二回だけ。

「九月廿七日。晴。正午近くの大黒屋に飰す。中秋名月。」

「十月廿六日。日曜日。昨夜より雨。正午浅草。夜月明。」

そして翌三十四年は亡くなる一週間前の四月二十三日、これ一回のみである。

「風雨纔《わずか》に歇む。小林来る。晴。夜月よし。」

この夜は、見舞いにきた小林氏を相手に猥談にでも興じて夜沈々まで、いくらかは気分もよくなったのであろうか。生涯最後の月明を、どんな想いで眺めたことか。

●終の棲処を新築する

昭和三十一年十一月三十日の『日乗』にそのことが書かれている。

「晴。午後浅草。帰途菅野駅附近に住める周施業〔ママ〕小林を訪ひ土地家屋の事を問ふ。結局土地を買ひ住宅を新築する事に決す。場所は京成八幡の駅に近き処四十坪ほどなり。明後日売主と会見して取引をなすと云ふ。」

いかなる心境の変化なるやわからないが、察するに「正午浅草」をつづけるためにはいまの家は駅に遠く不便である上に、老来疲労もたまったことであろう、もっと近いところへの望みを強く抱いたものとみる。面倒臭くてもやむを得ない。荷風さんは終の棲処となる家を思い切って新築することにした。市川市八幡四丁目一二二八（現・市川市八幡三－二五－八）の平屋建の、こぢんまりとした家で、ここなら浅草行きには便利この上ない。斡旋をしたのがかの小林修青年（いや、もう壮年か）で、この三十日いらい、『日乗』にふたたびその名が頻繁に登場する。

新居竣工は翌三十二年三月二十七日、さっそく引っ越しとなる。

「晴。午前十時凌霜子小山氏来る。小林来る。十一時過荷物自働車来り荷物を載せ八幡町新宅に至る。凌霜子、小山氏の二人と共に新宅に至り、それより小林の三人にて運転の荷物を整理するに二時間程にて家内忽ち整理す。二氏午後三時頃去る。余一人粥を煮て食事をなす。」

もともと家財道具などほとんどなし、あるのは蔵書くらい、二時間で整理整頓が終了である。終わったものの夕食には早すぎる時間であったのであろう、なぜか一緒に食事ということにならず、相磯氏も小山（小門）氏も帰ってしまったようである。ひとりとり残された荷風さんはがらんとした新居に粥をするの図、孤影悄然といいたくなる。

そしてこの日以後、小林がときどき訪れていろいろと家回りの雑用を引受けるほか、近くに住む福田とよという老婆を月給三千円で雇って、通いで部屋の掃除やら簡単な洗濯やら、ときには朝湯をわかしてもらったり、の世話を受ける。この老婆は文字が読めないからうるさくない、そこが気に入ったところという。と、一応のこれからの生活態勢は整ったものの、たちまちに新居はゴミ箱同然になってしまったらしい。ぼろの布団の万年床が六畳の奥座敷のまん真ん中にデンと敷かれて、そばに小さな机と火鉢と七輪と炭籠が置かれ、そこでときにコーヒーときに日本茶を沸かし、雨で外出のかなわぬ日にはぐずぐず粥を煮立てる、という次第である。

荷風さんが亡くなったとき、比較的早く駆けつけたわたくしは、入口の次の間からしっかりと認めたのであるが、六畳の庭に向かって左手の奥に、幅一間、高さ一間の、硝子戸つきの本棚があり、その最上段に森鷗外全集、つづいて幸田露伴全集と自分の全集がぎっしりと並んでいた。一緒に何冊かの日本の本も挟まれているようであったが、とにかくあとはすべてフランス装の洋書ばかりが本棚いっぱいに背を見せていた。後に知ったが、その数一四〇冊、なかにアラゴン『現実世界』三部作やサルトル『壁』などがあったとか。もっとも、そんな文学書にまじって、ひどく低俗な猥本に近いものまであったそうな。ついでにいえば、亡くなったその日、小さな机の上に眼鏡とならんで開かれていたのも洋書であったと記憶している。息苦しくなってその場に倒れ伏すまで、荷風さんは原書で何かフランスの小説でも読んでいたにちがいないのである。

みずからが言うとおり、たえず勉強をつづけるという小説家の日常を守りとおしていたのである。

●一年に映画観覧が三十本以上

黒澤明の「七人の侍」などの助監督で、一本立ちしてからは「裸の大将」「女殺し油地獄」「黒い画集・あるサラリーマンの証言」などの快作をつくった監督・堀川弘通氏の書いたもの（『評伝　黒澤明』毎日新聞社）をそのままに引用すれば、

「日本映画の全盛は一九五八（昭和三十三）年がピークで、映画観客数は赤ん坊も入れて年間一人十二回観た勘定だったが、『赤ひげ』公開の年、一九六五（昭和四十）年には年間三回に減ってしまった」

というのである。たしかに、昭和三十一年ごろから二年、三年にかけて、わたくしなんかも邦画・洋画を問わず、しきりに映画館に足を運んだ覚えがある。荷風さんまた然り、ほとんど何も書かれなくなったそのころの『日乗』に、やたらと映画を観たことが記されている。たとえば、昭和三十一年十二月の項である。六日「仏蘭西映画

「夜を憎む」を見る。」、八日「米映画「上流社会」を見る。」、十日「仏映画「マリイアントワネット」を見る。」、十二日「仏映画「ヘッドライト」を見る。」といった具合である。これには「マメなことでござんすな」と感心させられる、というよりも、正直な話、何んだか裏切られたような気分も一部にある。

なぜなら、名作『濹東綺譚』の冒頭の名文句が否でも思い出されてくるからである。

「わたくしは殆ど活動写真を見に行つたことがない。

おぼろ気な記憶をたどれば、明治三十年頃でもあらう。神田錦町《にしきちよう》にあつた貸席錦輝館で、サンフランシスコ市街の光景を写したものを見たことがあつた。活動写真といふ言葉のできたのも恐らくはその時分からであらう。それから四十余年を過ぎた今日《こんにち》では、活動といふ語《ことば》はすでにすたれて他のものに代《かえ》られてゐるらしいが、初めて耳にしたものの方が口馴れて言ひやすいから、わたくしは依然としてむかしの廃語をこゝに用ひる。」

この伝にならっていえば、さらにそれから二十余年を過ぎたこのころでは、心境の変化で活動写真が唯一の時間潰しの娯楽になった、ということなのか。

もっとも、荷風さん自身が、映画を見るようになったそもそもの理由を、その少し前に談話筆記「漫談」(「中央公論」昭和二十八年三月号)で明かしている。

「……映画も時々は見に行く。然しプログラムも何も見ないから映画俳優の名前なぞも知らない。だから専門的な批評はできない。町を歩いてゐる中看板を見てふらりと入るだけだ。喫茶店へ入つて茶を飲むよりも入場券の方が安いくらいだから、休むつもりで入るのだから、批評などはできない。

日本の映画は殆ど見ないと云つてもよい。フランスの映画は言葉をきくだけでも懐しいから大抵見てゐる。尤もわたくしの見たいと思ふものは風俗や人情を映したもので、探偵物やピストルを打ち合ふやうなものは見ない。有名な小説を資料にして脚色をしたものは広告を見て新宿あたりまで見に行くこともある。ジイドの田園交響曲。ゾラの獣人。スタンダルのパルムの僧院など云ふ映画である。音楽映画ならアメリカ物でも缺《か》さずに見に行く。カーネギホールや歌劇王カルゾーなどは一度ならず二度も三度も聞きに行つた。四十年ほど前、わたくしが紐育《ニューヨーク》にゐた時分の時代が此等の映画の背景になつてゐたからだ。日本でもあゝいふ映画を作つたらいゝだらうと思つてゐる。……」

延々と、まだまだ漫談的お喋りはつづくが、以下は略。いずれにしても、映画が見たくなるのは監督とか俳優とか面白そうな筋書きとか、そんな一般的な興味からではなく、懐旧の情やみがたくというところなのである。こんなことはおよそ何の役にも立たぬ話ながら、荷風さんにとって映画観覧の全盛期、それは三十一年、三十二年で、その二年間に見て『日乗』に記載された映画一覧を、せっかく数えだしたので書いておく。

シューベルト物語愛の交響曲、黒騎士（アイバンホー）、赤い風船、嵐の女、暗黒への転落、居酒屋、黄金の腕、オセロ、踊子、女と奇蹟、枯葉、河の女、空中ブランコ、クオヴァデス、黒い牡牛、恋はパリで、瞬間の殺意、情欲の悪魔、上流社会、知り過ぎてゐた男、瑞西風景、素直な悪女、生命の神秘、戦争と平和、海と空の間、太陽に向つて走れ、沈黙の世界、追想、椿姫、罪と罰、つゆのあとさき、デジレ、トロイのヘレン、泥棒成金、狙はれた女、巴里ノートルダム、始に罪あり、八月十五夜の茶屋、パリの恋人、巴里野郎、反乱、美女中の美女、昼下りの情事、不良の掟、フルフル、ヘッドライト、街の仁義、マリイアントワネット、やさしく愛して、野性の誘惑、誘拐、ラスヴェガスで逢ひませう、ラテンアメリカの旅、リラの門、恋愛時代、わが青春のマリアーヌ、忘れえぬ慕情、夜を憎む、悪い種子、悪者は地獄へ行く、わんわん物語。

計六十一本、といっても、たとえば三十二年四月二十二日なんか、「六区大勝館に米映画「反乱」其他を見る」とあるように、題名の記されない不幸な（つまり記載に値いせぬつまらぬ）その他の映画もあったことが想像される。いずれにしたって、日本人の平均十二本のはるかに上をゆく観覧ぶりであったのである。

それに明らかに自作が原作の「つゆのあとさき」のほかには、日本映画がまるっきりない、その徹底ぶりには恐れ入る。三十一年には、ビルマの竪琴、太陽の季節、猫と庄造と二人のおんな、真昼の暗黒、夜の河、狂った果実などがあり、三十二年になると、純愛物語、米、喜びも悲しみも幾歳月、蜘蛛巣城、幕末太陽伝、どん底、張込みと話題作がずらりと並んでいる。しかし、日本映画にはハナから信用をおいていないのか、石原慎太郎も黒澤明もせいぜい通りすがりに看板で眺めるぐらいで、あとは知らん顔でとおしている。もっとも、この三十二年には洋画にも、道、翼よあれが巴里の灯だ、戦場にかける橋などが公開されているのに、荷風さんは眼もくれない。ドンパチの戦争や武器を想起させるものは御免蒙る、といったところなのであろう。*8

また、列挙した洋画一覧のなかには、わたくしにもただちに思い出せる傑作映画が何本もある。荷風さんがはたして面白く観たのかどうか、どんな奇抜な感想を抱いたものか、ちょっとはそれを聞きたく思うのが人情というもの。なれども、本人が「漫談」で語っているように、日記に書かれているのはただ映画を見たという事実だけで、感想めいた文章はひとつも記されていない。「往時を追想して悵然たり」とは荷風さん得意のセリフであるが、「見た」「見た」「見た」とだけ書かれている文字を眺めていると、ああ、老残！「往時を懐想して悵然として涙を落とし侍りぬ」とこっちがやりたくなる。

●売春防止法が施行されたとき

小門勝二氏『荷風歓楽』に意味深なことが書かれている。事実、こうした会話がかわされたものか確証はないものの、やっぱりここに残しておきたい気になっている。「先生は売春防止法には反対ですか」という小門氏の質問に、荷風がこう答えているのである。

「そりゃ反対です。ああいうむかしからの吉原なんか残しておいたほうがいいもの。古くからあるものは何でもこわしてしまうという考え方はいけないな。売春婦は外国にもいますぜ。日本だけが征伐することはないですよ。ああいうことを考える政府は、何でも杓子定規に物ごとをやればそれでいいとおもっているんですよ。それでいておめかけをかこっている人からうんと税金もとれないでいるんですぜ。そりゃ表面は一夫一婦で、世の中は綺麗そうに見えるでしょう。独身者もなるべく早く結婚するようになって、子供をたくさん作るようになります。ところがぼくのように結婚をしないということを信条にして生きている者もいますぜ。そういうのは国策に反する人間だから、どんなに困ったって、それは自分の身から出たサビだというのでしょう。だからぼくは、ぼくのような人間を困らせ圧迫するために法律ができたのだとおもっています。……」

ここで話題となった売春防止法が全面的に施行されたのは、昭和三十三年四月一日のこと。これによって公認の売春施設が全国で約三万九千軒と、従業婦一二万人が姿を消した。荷風さんはこの年に数え年八十歳。その大台に乗った人が、自分を困らせ圧迫するためにこの法律が施行された、と仰せになっている。これには感服した。そのあとで腹をかかえて笑いすぎ椅子から転げ落ちた。

荷風さんの尻馬に乗って、別にこれが悪法だと調子をつけていいたいわけではない。でも、当時、週刊誌の記者として取材してみて、実に面白い話にぶつかったのである。そのことを一つ、二つ。

この法律が話題になりだしたとき、当局が実態はどうなのかといくつかの赤線で客のプライバシー調査を行ったという。結果、独身者は三分の一にも満たず、なんと、七十何パーセントの客が妻帯者であったのである。それで、いよいよ国会で本格的な論議となったとき、「七割が女房持ち、だからなくなっても不自由しない。あとの三割にはちょっと我慢してもらえばいいわけだ」との論が強力な赤線廃止の論拠として採用されたという。ウム、女房どのに辞を低うしてお願いしなければいけない亭主がかなりいるんだな、と戦後の「強くなったのは女と靴下」のあからさまな実情にびっくりしたものであった。

さらに、これがザル法であったことは、当時からもう一目瞭然であった。客引きや周旋を行ったり、売春をする場所を提供したりの「売春行為を助長する行為の処罰」は明記されているが、売春行為そのものを罰する規定がなかったから。で、屋内での個人売春が公認の形になることははじめからわかっていた。かくてその後の性風俗はいっそう乱れることになる。ソープランド、特殊浴場がただちに出現、コール・ガール方式中心の〝白線〟の続出、さらには街頭でほんとうの直接交渉による売春がはじまった。しかもシロウトとクロウトの区別がなくなり、一緒に大和撫子の昔ながらの健気さが失われていった。情けなや。

閑話休題で、さて、底辺の女たちへの関心が人一倍の荷風さんである。性風俗に関する諸事万端の成り行きを承知していなかったはずはなかろうが、風狂に徹しぬいて慷慨することをやめてもう何年もたっている。『日乗』はこのザル法については完全無視である。遊冶郎としては修行の足らぬわたくしなんかが、鳩の街で〳〵蛍の光窓の

雪……を女たちと歌って、過ぎにし栄華の日を偲んだ赤線最後の日の三月三十一日は、

「晴。正午浅草。アリゾナにて食事」

あとはサッサとご帰宅。そして四月一日は、これまた愛想もこそもなく、

「晴。正午浅草」

とあるのみなのである。

……と、ガッカリしてここで諦めてしまってはいけないのである。さすが荷風さんと脱帽したくなる記載が、それから半歳もたったところにひょこんと顔をのぞかせているではないか。

「十月廿四日。陰。後に晴。正午浅草。玉の井の陋巷を歩みて帰る」

「十月廿五日。陰。後に雨。正午浅草。食後亀井戸天神周囲の陋巷を歩むに、売色の女来らざる為怪し気なる旅館いづれも休業せり。押上駅より電車にて帰る。晩食大黒屋」

やっぱりその道の先達は違うんである。兵《つわもの》どもが夢の跡にきちんと杖をひく。頼もしくも嬉しいかぎりと申すほかはない。

●最後の名作（?）「向島」

「中央公論」昭和三十四年一月号に短文「向島」が掲載された。まさにリアル・タイムで読んだ記憶があるが、つまりはそれが荷風生前の最後の発表作品となった。書くまでもないことであるが、荷風は昭和二年にも「向嶋」というエッセイを書いている。よっぽど川向うのこの地が好みにあっていたのかと、ここで生まれて育ったわたくしとしてはしばし陶然たる、まことにいい気分に浸っておられる。

往年の名作『すみだ川』第五版の序文で、荷風は書いている。

「……わが生れたる東京の市街は既に詩をよろこぶ遊民の散歩場《さんぽぢよう》ではなくて、行く処としてこれ戦乱後新興の時代の修羅場《しゆらぢよう》たらざるはない。其中《そのなか》にも猶わづかにわが曲りし杖を留《とど》め、疲れたる歩みを休めさせた所はやはりいにしへの唄に残つた隅田川の両岸であつた。隅田川はその当時目のあたり眺める破損の実景と共に、子供の折に見覚えた朧ろなる過去の景色の再来と、子供の折から聞伝へてゐたさまぐの伝説の美とを合せて、云知れぬ音楽の中に自分を投込んだのである。既に全く廃滅に帰せんとしてゐる昔の名所の名残ほど自分の情緒に対して一致調和を示すものはない。自分はわが目に映じたる荒廃の風景とわが心を傷むる感激の情とを把つてこゝに何物かを創作せんと企てた。これが小説すみだ川である。……」

江戸情緒の名残をとどめる隅田川の風景と、その周辺の種々の風物、それは第一次世界大戦後に日々破壊されつつある、とはいえ、東京においてここほど哀傷をもって懐かしく眺められるところはない、と荷風は言う。しかし、それも昭和の戦中そして戦後の荒ぶる魂の日本人によって、完全なる荒廃に追い込まれてしまった。にもかかわらず、荷風の末期の眼にここほど美しく思われる所はなかったのであろう。短文「向島」は、ふたたびその明治大正のころの隅田川両岸の思い出を書いた佳品である。荷風さんらしく女が出てくる思い出の部分を引こう。

「西洋から帰つて来てまだ間もない頃のことである。以前日本にゐた頃、柳橋で親しくなつた女から、わたくしは突然手紙を貰ひ、番地を尋ねて行くと、昔から妾宅などの多くある堤下の静な町である。

その頃はやつと三十を越すか越さない身の上の事。すぐさま女をさそひ出して浅草公園へ夕飯をたべに行つた。女は暫くして曳舟通へ引移つたが、いづれにしても山の手から下町へ出て墨田の水を渡つて逢ひに行くのがいかにも詩のやうに美しく思はれた。墨田の水はまだ濁らず悪臭も放たず清く澄んでゐたので渡船で河を越す人の中には、舷から河水で手を洗ふものさへあつた。」

ここに出てくる曳舟通りも、わたくしには懐かしい町名である。北原白秋の詩「片恋」は歌う、「曳舟の水のほとりをゆくころを／やはらかな君が吐息のちるぞえな／あかしやの金と赤とがちるぞえな」と。まさに、その曳舟である。

また、中程にこんな一節もある。

「橋場辺の岸から向岸を見ると、帝国大学のペンキに塗られた艇庫が立つてゐて、毎年堤の花の咲く頃、学生の競漕が行はれて、艇庫の上のみならず、そのあたり一帯が競漕を見にくる人で賑かになる。堤の上に名物言問団子を売る店があり、堤の桜の由来を記した高い石碑が立つてゐたのも、其辺であつたと思ふ。団子屋の前を歩み過ぎて、堤から右手へ降りて行くと静かな人家の散在してゐる町へ出る。」

昭和二十四年春から二十八年春にかけて、わたくしは大学のボート部の選手をし、春夏秋冬をその艇庫のうしろにある合宿所で過ごした。あの時代は、日一日と隅田川が死のうとしていたころ、と思えてならない。漕ぎだしたころは、まだ川下では江戸前のハゼが釣れた。ずっと川上の岩淵水門あたり、フナもいればケイソウ、アオミドロ、ゾウリムシなども棲んでいた。それが朝鮮戦争がはじまり景気が好転、同時に新河岸川の工場廃水が流れこみ、さらに下流の北区から荒川区尾久にかけての工場群のお蔭で汚濁はどんどんひどくなり、とたんに微生物は根絶され、酸素もゼロとなり、川の死がはじまる。卒業するころには悪臭で飯ものどを通らなくなった。

短文「向島」は、「隅田川の水はいよ〳〵濁りいよ〳〵悪臭をさへ放つやうになつてしまつた……」にはじまり、「向嶋も今では瓢箪を下げた風流人の杖を曳く処ではなく、自動車を飛して工場の製作物を見に行く処であらう。」で終わる。もはや東京には、いや日本には、わが住めるところがなくなった、という荷風の絶望のうめきが聞こえてくる。

話が不景気になった。わが好む荷風の漢詩に話題を変える。岩波版『荷風全集』に収められる漢詩三十余首の一つ、「墨上春遊」と題する隅田川を詠んだものである。

黄昏転覚薄寒加　黄昏うたた覚ゆ　薄寒の加わるを
載酒又過江上家　酒を載せて　また過ぐ江上の家
十里珠簾二分月　十里の珠簾　二分の月
一湾春水満堤花　一湾の春水　満堤の花

これを初めて読んだとき、「十里珠簾」から唐の詩人杜牧の「贈別」を想いだしたものであった。其の二の後半にこうある。

春風十里揚州路　春風十里　揚州の路
捲上珠簾総不如　珠簾を捲き上ぐるも総て如かず

花柳の街ここ揚州の、料亭の簾をすべて捲きあげたって、お前に勝る妓はいないよ、と杜牧がやれば、負けじと荷風は、墨堤十里にならぶ青楼の簾をすべて捲きあげて、満々たる春の水と見事な月、そして爛漫たる桜を眺めようぞ、とそっくり返ってみせる。なかなか豪気な名詩、隅田川讃歌であると思う。

もう一つ、向島で詠んだ荷風の名句も思い出した。

葉ざくらや人に知られぬ昼あそび

この句に荷風は「向嶋水神の茶屋にて」と前書をつけている。いやはやどうして、爺さん、やりおるのう。きっとそばに侍る芸妓に「捲上珠簾総不如」なんて、甘言で囁いていたにちがいない。*9

●飾り立てた霊柩車で……

いちばん最後に、拙著『永井荷風の昭和』(前出)ですでに書いたことながら、ここにもそのままにそっくり載せることにしたい。読んではいない人もおられるであろうから。最晩年の『日乗』の、あのすさまじいばかりに連続的な記載となった「正午浅草」についてである。すなわち、

《雨。後に陰。正午浅草。》《陰。後に晴。正午浅草。》《晴。正午浅草。帰宅後菅野湯。》《晴。正午浅草。》《晴。後に陰。正午浅草。》《旧十二月一日。陰。正午浅草。》

……どこまでもつづく「正午浅草」の文字の連続をみていると、悲傷長嘆の想いを深くする。

しかし、近ごろになって、何となくわかったような気になっている。日付と天気と正午浅草と書くことは、決して残された唯一の楽しみとしてなんかではなかった。それが文人としての仕事であり、書きつづけることが先人の文業におのれも殉じることを、荷風にとっては意味していたのではなかったか。

〈十五日。木。晴。始不登衙〉

〈十六日。金。夜来雨。在家第二日。南弘来。不見〉

〈十七日。土。雨。在家第三日。賀古又至〉

〈十八日。日。陰。小金井君子至〉

〈十九日。月。雨。在家第五日。浜野知三郎至〉

以下、天候はなく曜日と在家第十五日、在家十六日……とえんえんとつづく。森鷗外の大正十一年六月の日記である。没したのは同年七月九日。最後の日の七月五日は在家〈第二十一日〉となっている。荷風最晩年の『日乗』の原型はここにある。荷風さんは鷗外先生と命日を同じくすることを若いときから望んでいた。老いていよいよますますそれを希求し、それで鷗外にならって《陰。正午浅草》をえんえんと書きつづけたのである。

以上再説。というわけで、この推理に今度は、すでにふれたように、文化勲章を貰ったのはまさしく『断腸亭日乗』全巻ゆえ、との確信が加わる。斃れてのち已む、なのである。「正午浅草」の書きつがれた理由は十分に解明されたものと勝手に考えている。

そういえば小門勝二氏『永井荷風伝』「年譜」に、荷風が冗談めかして語っていたという興味あふれる話が載せられている。

「ぼくが死ぬときは、ぽっくりと死にますぜ。そうなれるように観音さまにおまいりしてきたんですからね。出来れば九日という日がいいな。これじゃ欲張りすぎますかね。森先生も上田先生も九日に亡くなられたんですよ。月は違っても九日に死ねればいいとぼくは祈っているんですよ。……」

昭和三十四年四月三十日未明、まさしく望みどおり荷風はぽっくり死んだ。新聞はいっせいにその死を報じた。「臨終も孤独のままに……文化勲章作家永井荷風氏／貫いた奇人ぶり／主なき汚れ放題の住居」（毎日新聞、三十日夕刊）など、その死に方の特異さを強調した見出しが躍った。

その前日の四月二十九日の『日乗』にこうある。これがいちばんお終いの記載である。

「祭日。陰。」

祭日すなわち天皇誕生日である。荷風宅の門前には、日の丸の旗が風になびいていた。文化勲章を受章した直後に荷風はあわてて日の丸の旗を購入したという。祭日には、それをきちんと掲げて、散々におのれの文業にたいして迫害してきた国家の処遇に、ひそかに報いているのである。これを皮肉ととるか。惚けたととるか。敗戦日本、母国を愛するものがいなくなったゆえに、われひとりは国を愛す、ということであるのか。荷風はやっぱり明治の人なのである。いや、風の吹くまま気のむくまま、風狂の徒に余計な規範なし、とするか。

翌三十日、旗の仕舞われた家を、身の回りの世話をしていた福田とよが訪ねてきた。いくら外から呼んでも返事がなかったので不審に思い、奥の六畳の間の襖を開けた。皺くちゃな万年床の上で、紺の背広とこげ茶のズボンをはいたまま、荷風は頭を南向きにしてうつ伏せにこと切れていた。枕元の火鉢の中と畳の上に、黒ずんだ大量の血が吐かれてあった。他殺の疑いもあるとして、知らされて駆けつけた佐藤優剛医師によって警察に連絡され、現場検証の結果、胃からの大量出血による心臓麻痺と死因がはっきりしたのは午後五時である。死亡推定時刻は午前三時。ボストン・バッグに入っていた預金通帳の総額は二千三百三十四万四千九百七十四円、それに手の切れるような新しい札で現金が三十一万三百八円も入っていた。荷風さんは、ことによると、この日に死ぬつもりなんかなく、五月九日まで何とか頑張るつもりで金を下ろしておいたのではなかったか。これほどの現金をみるとそう考えてみたくなる。それはならなかったが、ともかく、その望みどおり首尾一貫させての見事な野たれ死にを遂げたのである。

それに、もう一つ。遺言のようなものはどこにもなかったのであるが、前にも引用した昭和三十年刊『荷風思出草』に、死後のことについて、相磯凌霜氏が前々から荷風から聞いた話として、こんなことを語っている。

「前によく先生とお葬いの話をしましたね。先生のお葬いは差荷《さしにない》の駕籠で、なるべく雨のショボショボ降っている夕方、駕籠のあとからわたしがタッタひとり、冷飯草履に尻つぱしよりでボンノクボまではねを上げて、トボトボ三輪の浄閑寺までついていくなんて決めていましたが、もうだめですね。よほどいなかの葬儀屋へでもいかなけりやあ、差荷の駕籠なんてありませんよ。先生の大きらいな霊柩自動車でブウブウですよ。」

これに荷風は答えている。

「あの飾りたてた自動車でブウブウやられたんではたまりませんよ。」

これもまた、思うようにはならなかった。葬儀の日、晴。飾り立てた霊柩車がその遺体を乗せて、ほんとうに多く集まった弔問客をブウブウ鳴らしながらかきわけてゆくのを、わたくしは「サヨナラ」と呟きつつ深々と頭を下げて見送ったのである。

＊8　荷風さんと映画に関連して、生前はじめて自作小説が映画化されたという「渡鳥いつ帰る」（久松静児監督、森繁久弥、田中絹代、高峰秀子ら出演）について。『日乗』の昭和三十年六月三日にある。

「陰晴定まらず。午後三時より銀座山葉ホール階上にて『渡鳥いつ帰る』映画試写あり。行きて見る。凌霜子島中氏高梨氏皆来る。五時過試写終りて後島中氏の馳走にて有楽町洋食店プユニえにて食事。家に帰れば正に十時なり。空くもりて暑し。」

まったく何の感想も記されていない。ただし、感想がまったくないわけではない。毎日新聞の記者であった小門勝二が新聞に発表したものがある。そのほんの一部を。

「……鳩の街のオープンセットは全く申分のない出来具合だ。しかし女の部屋が立派すぎたり広すぎたりした難点もあったが、芝居である以上、やむをえないことかもしれぬ。そのかわり女優たちがすっかり鳩の街の女になり切って、細かいところに気を配った演技を見せてくれたので、二時間と十分の長さだったが、楽しく見ていられた。艶歌師鈴代（岡田茉莉子）や栄子（淡路恵子）は、わたくしの好きな登場人物というせいもあって、その役を持った女優に特に注意して見たが、よく持味を出していた。……」

結構、ご満足であったとみえる。でも、どこまで本当の談話だったことか。

＊9 その昔の「水神の茶屋」ではないが、向島三業地の料亭「水のと」で、もう何十年も前のこと、荷風さんの自画讃の団扇画を貼りまぜた屛風を見せられたことがある。女将の言うことには、夏にかぎって奥座敷にとくに出します、そうな。

一つは朝顔の画に、

　藪越しに見ゆる曲輪や門の秋

という、さしてうまいとは思われない句である。

もう一つは、かたつむりの画に、

　梅雨に入る夕や宵の郭公

という句で、こっちは「フム」と唸った記憶がある。

年月日や場所など、この屛風がつくられた謂われを、女将に聞いたわけではないけれども、ともかく向島で詠まれたものと勝手に決めている。
いまもそれが夏になると奥座敷を飾っているかどうか、それは知らない。

あとがき

敗戦直後の昭和二十一年春に発表された小説「名月珠」に、石川淳氏が「藕花先生」という名で永井荷風らしき人物を登場させ、「世にかくれない名誉の詩人」と賞賛して描いている。

「詩人の数十年にわたる文学上の功業についてはまったく何も知らない俗物でも、連絲館主人が老来孤独、うすぎたない世間に洟もひつかけようとせず、堅く門を閉ぢて人間くさいものの出入は一切拒絶といふ噂ばなしはどこかで聞きおよんでゐるだらう」

戦争中に書かれたというこの小説で、石川淳氏は敬意をこめて荷風その人とひそかなる魂の交流を深めていたのであろう。その人が、荷風の死後に発表のエッセイ「敗荷落日」で、「一箇の老人が死んだ」という書き出しで戦後の荷風さんの生き方も文業もほとんど全否定している。「そのまれに書くところの文章はわたしの目をそむけさせた。小説と称する愚劣な断片」と一刀両断である。わたくしが心服する『断腸亭日乗』まで、「いささか見るべしとしても、年ふれば所詮これまた強弩の末のみ」と吐き捨てている。前に『日乗』に全面依存して『永井荷風の昭和』を書いたわたくしとしては、こりゃあんまりだ、そんなにくささなくてもいいんじゃない、と石川さんに少々向っ腹をたてた。戦後の荷風さんだって、戦前と負けないくらい見事に、「孤立」を屁とも思わず、反逆的な生き方をしましたぜ、と。

歴史探偵としてそれを証明したく、それで戦後日本とからめて本書をまとめる気になった。つまり荷風さんにたいするわが横恋慕のほどをPR誌「ちくま」に書きつのったのである。荷風には迷惑至極のこととは思ったが……。

＊

引用の荷風の日記は岩波書店『荷風全集』の『断腸亭日乗』に拠った。ただし引用の作品も含めて、不作法ながら常用漢字を用いることにした。参考文献はつぎに掲げる。著者ならびに出版社に蕪雑ながらお礼を申しあげる。

二〇〇六年五月二十一日

半藤一利

参考文献（本文中に記した一部は除いた）

秋葉太郎『永井荷風伝』（春陽堂）
猪野健治編『東京闇市興亡史』（草風社）
磯田光一『永井荷風』（講談社）
大野茂男『荷風日記研究』（笠間書院）
佐藤春夫『小説永井荷風伝』（新潮社）
小門勝二『永井荷風の生涯』（冬樹社）
同『実説荷風日記』（自家本）
同『荷風歓楽』（河出書房）
高橋俊夫『荷風文学の知的背景』（笠間書院）
同『葛飾の永井荷風』（崙書房）
戸川猪佐武『戦後風俗史』（雪華社）
中村隆英『昭和史』Ⅱ（東洋経済新報社）
野口冨士男『わが荷風』（集英社）
山岡　明『庶民の戦後』生活編・風俗編（太平出版社）

吉野俊彦『「断腸亭」の経済学』（NHK出版）
雑誌「文藝」永井荷風読本（河出書房）
雑誌「文芸読本・永井荷風」（河出書房）
雑誌「現代詩手帖・特集永井荷風」（思潮社）
『永井荷風全集・月報』（岩波書店）

解説　余生の戦後を生きた「風狂の人」の評伝

川本三郎

荷風は戦後、文化勲章を受章し名声を高め、昭和三十四年に七十九歳で逝ったが、率直なところ戦後は作家としての活動は著しく停滞した。見るべき作品をほとんど残していない。

従って半藤さんは戦後の荷風を作家としてより、世を捨てた風狂の人としてとらえている。

ボストンバッグに大金を入れて持ち歩く。身なりに構わなくなり背広に下駄で買物に出かける。浅草に出遊しては踊り子たちと親しくする。自作の軽演劇に飛び入りで出演したこともある。

およそ功成り名を遂げた人のすることから外れている。半藤さんはその戦後の荷風の風変わりな姿を豊富なエピソードで親しみを込めて描いてゆく。孤高の文人荷風もいいが、戦後の風狂の人荷風もいいではないか。

細部を大事にしている。荷風が背広に下駄で出歩いたのを当時の新聞雑誌は庶民的と伝えたが、そんなことはない。荷風は明治の男としては背が高かった。一八〇センチ近くあった。戦後の物資払底の時代、彼の足に合う靴が手に入らなかった。だから仕方なく下駄を履いた。庶民的だったからではない。

「荷風という人は庶民的であったことなんか一度もない。終生「精神貴族」であった（略）」

浅草通い、踊り子たちとの交遊も「精神貴族」の「やつし」だろう。戦時中は日本の軍国主義を嫌悪したが、戦後は、日本人が一転してアメリカに媚びる姿を痛罵した。「精神貴族」の反骨である。

昭和五年生まれの半藤さんは若い頃に浅草で三度、荷風に会っているという。遅れてきた世代としては羨ましい。三度とも荷風がよく行った「峠」という軽食堂で（いまはない）。荷風は踊り子と一緒だった。

昭和二十六年二月には荷風がロック座で行われたヌード嬢の採用試験で審査員団長を務めたという意外な話も紹介される。

ちなみに半藤さんは当時、よく浅草のストリップ劇場に通っていたという。超満員のロック座で荷風作の軽演劇「渡鳥いつかへる」も見ている。浅草の熱気を荷風と共有している。だから半藤さんは親しみを込めて「荷風さん」と書く。

昭和二十年三月十日の東京大空襲で荷風は住み慣れた家、麻布の偏奇館を失った。これが大きな痛手になった。

昭和二十年八月、終戦の直前に荷風は、岡山県勝山に疎開中の後輩にあたる谷崎潤一郎を訪ね、歓待を受けた。この時のことは文人の美しい友情と語られることが多い。しかし、半藤さんは異論を唱える。荷風は谷崎を頼って勝山に行った。出来れば自分もこの町に疎開したいと思った。しかし、戦争末期のこと、谷崎としては敬愛する先輩とはいえ面倒は見られない。そこで荷風は仕方なく一人勝山を去った。

これまで語られなかったことで、この醒めた見方は新鮮。住み慣れた家は空襲で焼かれる。落ち着いて住む家は見つからない。

だから荷風の戦後は喪失から始まった。すでに戦時中にひそかに書いていた小説「問はずがたり」の主人公に「新しい生涯に入ることを、僕はもう望んでゐない」といわせたが、戦後の荷風がその通りになった。風狂の人になったのは、戦後を余生と見ていたからだろう。もう自分が生きる価値はない。

中央公論社から全集が出ることが決まったのを機に、偏奇館の土地を売却したのは「わが文学は全集が出ることで見事に完結する」と考えたからだという推論も説得力がある。

全二十四巻の全集がおのれの詩魂のすべて。他のことは、もうどうでもいい。芸術に生きた文人の真骨頂といえるだろう。

荷風は昭和三十四年四月三十日の未明に絶命したが、当時、文藝春秋の社員だった半藤さんはすぐに市川の荷風宅に駆けつける。本棚にはずらりと洋書が並んでいたという。

(「週刊朝日」二〇〇六年十一月三日号)

本書は二〇〇六年九月、筑摩書房より刊行された。

ちくま文庫

荷《か》風《ふう》さんの戦後《せんご》

二〇〇九年四月十日　第一刷発行
二〇二一年二月五日　第二刷発行

著　者　半藤一利（はんどう・かずとし）
発行者　喜入冬子
発行所　株式会社筑摩書房
東京都台東区蔵前二－五－三　〒一一一－八七五五
電話　〇三－五六八七－二六〇一（代表）
装幀者　安野光雅
印刷所　三晃印刷株式会社
製本所　株式会社積信堂

ISBN978-4-480-42594-2 C0195